KB175357

질문을 걸어오는 詩問集

다시 묻다

질문을 걸어오는 詩問集

다시 묻다

초판 1쇄 인쇄 2019년 12월 5일
초판 1쇄 발행 2019년 12월 13일

지은이 박영준
영감자 문은주
그림 박이연
동시 박소윤
펴낸이 최익성
편집 신현아
교열·교정 오성아, 홍국주
마케팅 임동건, 김선영, 황예지, 신원기
경영지원 이순미, 임주성

펴낸곳 플랜비디자인
디자인 올컨텐츠그룹

출판등록 제2016-000001호
주소 경기도 화성시 동탄반석로 277
전화 031-8050-0508
팩스 02-2179-8994
이메일 planbdesigncompany@gmail.com

ISBN 979-11-89580-21-6 03800

※ 이 도서의 국립중앙도서관 출판예정도서목록(CIP)은 서지정보유통지원시스템 홈페이지(http://seoji.nl.go.kr)와 국가자료종합목록 구축시스템(http://kolis-net.nl.go.kr)에서 이용하실 수 있습니다. (CIP제어번호 : CIP2019048299)

질문을 걸어오는 詩問集

다시 묻다

질문술사 박영준

묻고 쓰다

PlanB DESIGN 플랜비디자인

여는 글

흔들리는 마흔, 불혹은 개뿔!

마흔이 되었다.

불혹(不惑)? 흔들림이 없다는 공구선생의 선언은

나같은 범인과는 상관없는 소리다.

불혹은 개뿔!

나이를 먹을수록 의혹투성이 삶이다.

마흔이 되었다.

이미 답을 찾았다고 착각했던

질문들을 끄집어내보려 한다.

다시 묻고, 다시 답할 시간이다.

흔들리지 않는 삶이 부러워서가 아니라

흔들림을 벗삼아 놀고 싶어서다.

다시 묻고 머물러 답해야 할

질문들을 엄선해보려 한다.

한 번에 답할 수 없는 질문이겠지만

천천히, 느리게, 걸으며,

기억하며, 상상하며, 솔직하게.

'인간은 왜 사는가' 따위의

무겁고 철학적 질문보다는

'나라는 인간이 살아있다고 느끼는 이유들'처럼

지극히 주관적이며 일상적인

물음에 답하고 싶다.

본디 무거운 삶에

질문까지 무거움을 더하고 싶지는 않다.

다시 묻다보면

다시 생각할 수 있을테고

다시 춤을 출 수 있을테고

다시 시작하는 즐거움과 용기도

다시 내 일상 속으로 스며들테니.

그래서 난 시작한다.

아니, 다시 묻는다.

흔들리는 마흔에 다시 답해야 할 질문은 무엇일까?

차례

1부
다시, 묻다

2부

머무르다

3부

다시, 걷다

1부

다시, 묻다

나를 더 나은 사람이 되게 하는
너는 누구인가?

친구 됨

●

멀리서 기차를 타고
비행기를 타고 찾아오는 친구가 있다
별다른 말 없이 조용히 앉아있다가
늦은 밤 귀갓길에 문자 한 통 보내오는
수줍은 친구가 있다

홀로 선택하기에 벅찬 문제를 마주하고
진솔하게 고민을 털어놓으며 조언을
구하는 친구도 있다

늦은 밤 귀가하는 남편을 기다려주는,
집 밖으로 나도는 아빠를 사랑해주는
친구도 있다

그대들 모두가 나를 더 나은 사람으로 만든다

#01

못해서 못나서 부끄러운 어른

못하는 것이
부끄러운 것이 아니다
못하는 것이 부끄러워서
잘 못했어도 다시 해보는 걸 포기하는 것이
조금 더 부끄러운 것이다

못사는 것이
부끄러운 것이 아니다
한참 부족하다는 것이 드러났을 때
부족해도 좋으니
살다보면 더 좋아질 터이니
계속해보자고 다독여주지 못한 것이
조금 더 부끄러운 것이다

ㄴㅐ 시는 부끄럽고
이른다운 어른으로서
잘 살지 못하고 있는
ㄴㅐ 일상도 부끄럽지만

부끄러우니 사람이고
부끄러움과 함께 사는게 어른이지
부끄러운 시고 부끄러운 삶이지만
계속 써보고 다시 살아가야지
부끄러워도 또 다시 해 봐야겠어

이렇게 살다보면
어른다운 어른이 되는 것 힘들어도
어른다운 어른이 된 벗들은 만날 수 있겠지

진정 부끄러워해야 할 것은 무엇인가?

#02

아직 글렀다

젊은이가　쓰는 글들 시처럼 춤을 추고
표현이　넘실대나, 설명 따윈 하지 않네
뿌리내리지　못 해선지 더 반짝거리고
멈추는　법을 몰라 흔들 휘청 휘어청

뱃살 마냥　군더더기 글을 쓰는 건
나이가　들어서가 아닌 가진 게 궁해서다
궁하다보니　빼는 건 못하고 또 덧붙여 누더기
화장이든　가면이든 가리는 법은 알지만
홀로있음　즐기지 못해 조잘조잘 시끄럽네

'젊지 않다',　이 말을 부정하지 못하겠고
'늙지 않다',　덧붙이니 멈칫 새치 희끗하네

젊은 친구　밥 한끼 사주길 미루다 까먹고
어르신들　밥 뺏어 먹느라 바삐 다니니
아직 니놈은　어른되긴 글렀다 한참 멀었다

어른 장

어떻게 진짜 어른이 되는가?

#03

제멋대로 vs 제대로

처음부터 ‘제대로’ 배우라는 꼰대의 잔소리에
시종일관 ‘제멋대로’ 배운 ㄴㅐ 삶을 돌아본다

잘나신 어른들이 명문이라 부르는
명판 단 사립학교에 들어가도 봤으나
교실 안에서 배움을 못 찾아 방황하다
제멋대로 그만두었고

수천만원과 긴 시간 공들여 준비한
국제인증○○○ 뭐라 뭐라 거창한 자격증도
내 열등감의 보상이라는 걸 깨닫곤
제멋대로 걷어치웠다

일 안해도 월급 꼬박꼬박 나오고
간섭하는 상사도 거의 없을 무렵
회사도 제멋대로 그만두었고

문학이든　시든 담 쌓고 지내다가
내 삶의 의문과　그림자를 들여다보곤
시시한 글　한편 두편 끄적거리며
'어린아이　걸음같은 시(跢詩)'라 이름붙여
제멋대로　출판하겠다고 깝죽거리며 놀고 있다

처음부터　'제대로' 배우는게 뭔지 모르겠으나
적어도　그런 말을 내뱉는 꼰대들의 삶의 행태가
삐딱하고　덜자란 어른인 내겐
'제대로' 된　것으로 보이기 보단 오만하게도
'자기에게만'　배우라는 것으로 들리니
삐딱선을 타고　대꾸해 본다

실수하고　실패하고 또 다시 실패하나
실험하며　사는 삶에서 배운 바가 적지 않고
이론을　가르치는 그대들에게 덕본 바도 많으나
제멋대로　사는 것을 폄하하진 말아달라

제대로 못 살아도 제멋대로 살다보니
'멋'빠진 제대로는 개나 주고 싶어진다
아니다 용서하라 개가 무슨 죄 지었나
멋지고 사랑스런 개들에게 그딴 걸 던져주면
천벌 제대로 받는다

제대로 해야 하나, 제멋대로 해야 하나?

#04

나는 왜 내 인생의 주인공이 아닌가?

인생이라는 무대를 바라보는 ㄴㅏ는
끝없이 펼쳐지는 희극과 비극을 마주한다
ㄴㅐ 삶의 주인공이 ㄴㅏ라는 착각은 버린지 오래
수많은 등장인물의 역할 놀이를 기쁘게 혹은
애잔한 마음으로 바라보며 구경하네

인생이라는 무대를 바라보는 ㄴㅏ는
주연이라기 보다는 조명 담당
어디에 무대조명을 비추고 끌지는
ㄴㅐ 몫이라네

ㄴㅏ는 주연이라기 보다는 음향 담당
누구의 목소리가 돋보이게 할지는
ㄴㅐ 몫이라네

ㄴㅏ는 주연이라기 보단 무대 감독
무대에 오른 이들을 응원하고
판을 지키고, 기회를 준다네

ㄴㅏ는 주인공이 아니라네

당신의 역할은 무엇인가?

#05

누가 나를 유혹하는가?

배운 사람보다
배우는 사람이 끌린다

느낌표만 남은 어른보다
물음표를 품은 젊은 청춘에 끌린다

가르치려 애쓰는 선생보다
질문으로 다가오는 스승이 끌린다

끌리는 이들과의 만남이
ㄴㅐ 삶을 다르게 이끈다

당신을 매혹시키는 것은 무엇인가?

#06

슬퍼하는 자 복 있으라

마태 할배도 동주 성님도 기록해두었지
슬퍼하는 자는 복이 있다고

슬픔을 기록하는 자 복이 있나니
그 기록이 슬퍼하는 자와
함께 울어주더라

슬픔에서 도망치는 자 아픔있으니
어떤 빛도 어둠 밑에 숨은 그림자를
밝게 비추어 사라지게 하지 못하는구나

슬픔을 망각하는 자 후회있으니
다시 찾아온 슬픔에도
배울 줄 모르는구나

슬픔과 함께 사는 자
기쁨과도 함께 사노니

너의 슬픔이 너의 기쁨과 함께

뒹굴며 춤추는구나

슬퍼하는자

다시

복 있으라!

슬퍼하는 이웃은 누구인가?

#07

참나무와 도토리

한 알의 도토리 속에
참나무가 들어있다고 하더라
옳기도 하고 틀리기도 하다

한 그루 참나무의 역사 속에는
도토리뿐 아니라
하늘과 땅
바람과 햇살
빗방울과 사계절의 온기
그리고 어둠과 별빛이 스며있다

우린 허락된 삶을 통해
참나무가 되어가는 것이지
도토리 시절로
돌아가는 것이 아니다

참나무는 도토리 열매를
선물할 수 있지만

도토리가 '도토리들'을 원한다면
먼저 참나무가 되어야 한다

숲은 한 알의 도토리만으로
풍성해지지 않는다

어찌하여 당신은 어른이 되려 하는가?

#08

수업 후

두근두근　감동스런 수업에도 불구하고
삶의 자리　되돌아와 실천하는 두 발바닥
배우는 자　한 걸음이 뒤따르지 못한다면
뭉클했던　감정들은 권태롭게 흘러간다

찬란하게　반짝이는 통찰 가득 대화에도
노트 위에　내 손으로 기록하지 않는다면
번개처럼　망각되고 회색으로 변색된다
그 똑똑한　입보다는 부지런한 양쪽 손이
믿음직한　친구이니 어찌 쓰지 아니할까

나도 저리　해 보겠단 결심 삼일 지나 보니
작심삼일　그쳤었던 예전 경험 반복이나
미숙해도　좋다 하고 실패해도 좋다 하니
작게라도　시작하고 해 보고 또 해보자며
실천하는　아티스트 성찰하고 성장한다

그러니 또　이 공부는 발과 손이 중요하다
왼쪽 발은　군건하며 오른발은 과감하게
왼쪽 손은　늘 새롭게 오른손은 그리고 또

누구를 위한 배움이고, 누구를 위한 가르침인가?

#09

이상한 스승

새로운 것을 배워야 할 때
잘 아는 사람에게 배워야 할까?
잘 하는 사람에게 배워야 할까?

우문우답(愚問愚答)일 수 있겠지만,
ㄴㅏ는 잘 배우는 사람에게 배우는게 좋더라
배우는 자의 심정과 상태를 잘 알면서 지도해주거든

사실 잘 배우는 그 사람은
무지(無智)하거나 못하는 사람에게도
떨어지는 낙엽에게도 뭔가 배우더라고

ㄴㅏ는 그런 분들에게 배우고 싶어

그런 사람 앞에선 누구나 스승이 되더라고
ㄴㅐ가 배우는데 ㄴㅏ보고 스승이래

스승 사

누구에게 배워야 할까?

#10

스승이 아닌 이를 분별하는 질문

만약
"ㄴㅏ와 우리의 삶엔 어떤 의미가 있습니까?"
라는 질문을 던졌는데,

"묻지 말라"고 말하는
스승이 있다면 그는 스승이 아니다

"이것이다"며 정해진 답을 주는
스승이 있다면 그는 스승이 아닐 것이다

"무엇이라 생각하느냐?"고 되묻는 이라면
그가 스승일 가능성이 조금은 있다

"이것을 통해 보라~"며
선명한 안경을 선물해준다면
그가 스승일 가능성이 높다

만약 아무런 말 없이
따뜻한 미소로 당신을 바라본다면
스승인지 스승이 아닌지는 모르나
당신을 사랑하는 이다

당신의 질문에 관심을 보여주는 이는 누구인가?

#11

틈

다가서기 전에는
보이지 않는다

뛰어넘기 전에는
아득하게 느껴진다

넘어서고 나서는
아무것도 아니다

넘어서야 할 것은 무엇인가?

#12

꿈과 깸

1. 선배

삶을 변화시키는 코치로 살아가고 싶던
작은아해는 멋지고 훌륭해 보이는 선배들의 대화를
경청하고 관찰하며 질문을 훔쳤다

그분들의 질문 속에 연금술의 비밀이 담겨 있다 여기며
끄적끄적 질문들을 베껴서 기록했다
훔쳐온 질문들을 만나는 이들에게 실험해보며
질문의 연금술을 얻었다 자랑하고 다녔다

선배들은 꿈에 대해 묻길 좋아했다
아무것도 제한이 없다면 무엇을 해보고 싶은가를
묻거나, 10년 후에 어떤 사람으로 살아가고 싶은지를
즐겨 묻곤 했다

꿈을 말하면 지지하고 축하해주는 그들과의 만남에서
ㄴㅏ는 취했다
말만 해도 이미 이루어진 것처럼

축하해주고 기뻐하는 이들 속에서
고양된 의식, 더 커진 에고(ego), 고삐 풀린 갈망 속으로
더 깊이 더 깊숙하게 빠져들었다

2. 중독

그들과 함께하는 만남의 시간이 기쁜 만큼
ㄴㅏ의 보잘 것 없고 비루한 일상들은
점점 견디기 힘든 지옥처럼 변해갔고
점점 대담하게 행동하고
무모하게 도전해 보는 삶을 즐기며 뽐냈다

다시 찾아온 허무함, 무기력과 권태들은
기꺼이 가난한 ㄴㅏ의 지갑을 열어서
그 멋진 선배들과 함게 하는 시간들 속으로
던져버리거나 눌러두었다

남들도 감탄할 만큼 위대한 꿈들을 떠들어대는
즐거움에 빠져든 아해에게
또 다른 선배가 물었다

꿈을 꾸어야 하는지

아니면 꿈에서 깨어나야 하는지를

화들짝 놀라고 말문이 막혔다
ㄴㅏ는 눈을 뜨고 꿈을 꾸는 삶에
깊이 중독되어 있었다

3. 그림자

꿈에선 그림자를 보기 힘들다
깨어있을 때만 그림자를 볼 수 있었다
깨어남의 표지가 그림자라니!

꿈꾸는 삶을 사는 동안 자라난 그림자가
ㄴㅏ와 가장 가까운 이들의 얼굴에
그늘을 만들고 있음을 조금씩 알게 되었다

어두운 밤이 오면 꿈을 꾸는 많은 친구들처럼
ㄴㅏ는 아직도 종종 꿈에 빠져들어
그림자를 놓친다

꿈에서 깬 후 그림자를 감추고
화장을 덕지덕지 바른 자들의 권유에

'아니오(No!)' 라고 말하는 법을 배워가고 있다

꿈을 파는 장사치들은 너무도 쉽게 말한다
이것을 하면 혹은 여기에 들어오면
그 꿈이 이루어 질 수 있을거라
미소지으며 한 점 의혹도 없는 것처럼
확신에 차 떠든다

4. 기다림

깔끔한 옷차림에
화려한 언변을 갖춘 그들의 이야기를 들으며
다시 묻는다

꿈을 꾸어야 할까요?
꿈에서 깨어야 할까요?

아름다운 꿈도 좋지만
이미 이 자리에 와 있는 아름다움도
음미하지 못하는 자 불쌍도 하여라

고통 속에 담겨 있는 일상의 생생한 경험들에

감사하며　머물지 못하는 자 애잔도 하여라
꿈꾸는　것이 부족해서가 아니라
깨어　노는 법부터 즐겨봄이 어떠리

그대　깨어나면
함께　놀자 기다린다

당신이 꿈꾸고 있는 삶은 무엇인가?

#13

친구의 손

당신은 ㄴㅏ를 친구라 불러주었고
ㄴㅏ는 그 손을 잡았다

어둠 속 담벼락을 넘나들던
밤손님 새까만 손을 잡아
ㄴㅏ의 애비는 장물애비가 되었다

새빨간 장갑 속 곱디고운
의사양반 새하얀 손을 잡아
에미는 붕대 감은 미라가 되었다

파란 하늘 바다 넘나들던
자유로운 바람 푸르른 손을 잡은
누이는 흔들리는 풀꽃 되었다

손을 잡으니 당신은
다른 세상을 보여주었고
손을 잡으니 당신은

당신의 세상을　들려주었다

손을 잡고　우리는
또 다른 세상을　창조하였다

들꽃과　친구된 아해는
어느날　시인이 되어 돌아왔고
물음표와　친구된 아해는
어느날　질문이 되어 떠나갔다

누구의 손을 붙잡을 것인가?

#14

아내의 손이 묻고 있네

ㄴㅐ 손이 흙을 만나 농부가 되었고
ㄴㅐ 손이 청벌레 만나 나비가 되었네

ㄴㅐ 손은 웃고
ㄴㅐ 손은 노래하고
ㄴㅐ 손은 춤췄네

ㄴㅐ 손이 당신을 만나 아내가 되었고
ㄴㅐ 손이 아이를 만나 엄마가 되었네

ㄴㅐ 손은 항상 바쁘고
ㄴㅐ 손은 항상 더럽고
ㄴㅐ 손은 항상 서러웠네

흙도 사라지고
나비도 날아가고
당신과 아이들이 떠나버린

ㄴㅐ 손이   묻고 있네

네 손은   어디에 있어?

* 아내 인디가 쓰고, 남편 질문술사가 제목을 붙이다.

당신은 왜 이 사랑을 하는가?

#15

아빠의 불면증

1.

지하철 막차에서 내려 밤길을 걷는다
커피와 니코틴 그리고 피곤에 절은 몸
학대받은 자아를 이끌고 집으로 향한다
불꺼진 집안으로 한 걸음 들여놓지만
가족들은 모두 잠들어 적막감만 맴돈다
평온한 꿈나라를 방해받지 않기 위해서인지
방문은 닫혀있고 소리내지 않으려
조심 또 조심한다

2.

홀로 방에 앉아 잠들지 못한 자아에게
공허함과 부끄러움이 다가와 말을 건다
이들의 속삭임에 흔들리고 싶지않아
철학책을 펴들고 도피를 감행한다
밑줄을 치고 문장을 베껴쓰면서도
가녀린 자아의 무게는 가볍기만 하다
고요한 밤 깊어져, 억지로 누워 뒤척이나

깊은 안식을 취하지 못한채 깨어나
주섬주섬 출근준비로 다른 하루를 맞이한다

3.
현관문을 나서며 ㄴㅏ에게 묻는다

이것이 정말 원하던 삶인가?

답하기를 주저하다
서둘러 지하철에 몸을 싣는다

이것이 정말 원하던 삶인가?

#16

기다림

날이 저물도록 기다리는 이는
늘 아내였다

전역할 남편을 기다렸고
야근하는 남편을 기다렸고
수술실에서 나올 남편을 기다렸고
그림자에서 걸어나올 남편을 기다렸고
가족과 함께 시간을 보낼 남편을 기다렸다

친구의 손은 어디있는지 물으며
ㄴㅐ 손을 잡아줄 벗을 찾아
밖으로 밖으로 돌아다니던 바쁜 남편에게
손은 어디에 있냐며 늘상 묻던 아내

첫째를 맞이하러 아내가 수술실에 들어갈 때도
ㄴㅐ가 기다린 것은 아내가 아닌 아기
코끼리 같은 회사를 벗어나
벼룩의 방식으로 사업을 시작할 때도

내가 머물 곳으로 선택한 곳은
집이 아닌 카페

기다리는 것은 늘상 아내의 몫이었고
기다려주는 이가 있다는 평온함은
늘 혼자서만 누렸구나

마흔이 넘어서야 아내를 기다린다
차가운 수술실에서 돌아올 아내를
기다리는 자리에 서 있다는게
아픈 축복이라는 걸 뒤늦게 느끼며

기다린다 아내를
기다린다 수술실에서 나오길
기다린다 아내가
무사히 깨어나길 기다린다
기다리고 기다리고 기다리고 기다린다

待

기다릴 대

당신을 기다려주는 이는 누구인가?

#17

항상 바쁜 바깥 사람

항상 바쁘다고 싸돌아다니는
바깥 사람에게
사랑을 물어도 답하지 못하네

늘 높은 자리에 오르고픈 이라서
낮은 곳에서 기다리는
안 사람의 침묵의 의미를
살필 줄 모르네

그 바쁜 자리, 높은 곳에 사랑은 있냐고
다시 묻네

사랑은 어디에 있는가?

#18

하나님보다 마느님!

하나님보다 마느님?

이 무슨 불경스런 말이냐고
펄쩍 뛸 벗들도 있겠지만
바람 잘 날 없이 하루 하루
아이 둘과 덩치만 큰 아이 하나 더 키우려면
아내가 마느님이 될 수 밖에

고민이 생긴 첫째도
위로가 필요한 둘째도
덩치만 크고 목소리만 큰 아빠를 제쳐두고
마느님께 쪼르르 달려간다

서운한 아빠는 툴툴거리며
심술을 부리고 덜 자란 티를 내지만
자랑할 일 생기면 아빠 역시
마느님께 우당탕탕 달려간다

어여쁜 시절 떠나보내고
작고 반짝거리는 선물하나 받지 못한 마느님께

늘 미안하나 울 집 하나님은
'미안해'라는 말을 싫어하신다

성경에 기록된 하나님 말씀
어렵다고 하지만
스무해 가까이 함께 산 남편 놈은
마느님 말씀 헤아리지 못하는 바보

바보랑 살게 해 미안하고
너무도 아름답게 빛나는 아내에겐
작고 빤짝거리는 것 따윈 필요없다 우기는
뻔뻔함이 미안하오

사랑하는 마음담아 시 한편 끄적이는
못난 남편 용서치 말구려

* 첫째가 엄마에게 선물한 그림 울집 하나님? 아니… 마느님!

더 늦기 전에 누구에게 용서를 구해야할까?

#19

시간의 슬픔

시간이 없다고 변명하나
마음이 없던 것이네

시간이 부족하다 핑계대나
딴짓에 마음을 빼앗겼던 것이라네

시간이 많다고 자만하나
세월의 빠름은 보지 못하는 것이네

시간은 늘 함께하나
머물 줄 모르는 그대가
약속하기만 하다고
전해달라 말하네

膳

선물 선

그대의 시간을 누구에게 선물해 주고 있나?

#20

벗이 묻고 나도 묻다

1. ㄴㅏ ㄴㅐ가　아닌 무엇이 되고자 했던가?

무엇이　그리 부족해
명함 속　이름 앞에
그럴듯한　직함 하나
높여 놓고　좋아했나

무엇이　그리 부족해
수많은　수료증과
자격증을　쌓아가며
우쭐대며　좋아했나

2. ㄴㅏ 무엇을　하였다고 기뻐하고 자랑했는가?

수많은　이들의
숨은 노력과　도움 없이는
아무것도　성취할 수 없다는
너무　뻔한 사실도
덮어두고　자랑했나?

수많은 이들이
ㄴ ㅐ 철없는 자랑질에
상처받기도 위축되기도 하는데
뭐가 좋아 기뻐했나

3. ㄴ ㅏ 무엇을 하지 못했다고 슬퍼하고 눈물 흘렸나?

아쉬움을 참지 못해
다시 도전해 이뤄보니
그때 포기했던 이유가
기쁨만 취하고 고통은 피하며
편안함에서 빠져나오지 못한
내 자신의 게으름 탓도 있고

치기어린 오만함에
도움도 구하지 않고
나 홀로 까불다가
지치고 소진되어
포기하고 도망간
미숙함 탓도 있더라

ㄴ ㅏ 없이는 안될 것 같던 일들도

ㄴㅐ가 무시한 누군가 말아
친구들의 도움도 구하고
묻고 배워 마침내
ㄴㅏ 없어서 더 잘된 일도 많더라

때론 ㄴㅏ 아닌 다른 누군가가
더 적합한 사람이라
ㄴㅐ게 기회가 오지 않았다고
슬퍼하는 건 아직도
어린 ㄴㅏ의 투정 같은 것이더라

4. ㄴㅏ ㄴㅏ의 존재 자체를 사랑하는가?

욕심많고 부족해도
어리석고 교만해도
서투르고 미숙해도
ㄴㅏ 아닌 누가 먼저
괜찮다고 말해주리

답도 없이 헤매던 길
질문 잡고 살아가는
ㄴㅏ의 벗들 함께라서

천천히　쉬엄쉬엄
함께 가는　여정에서
고맙다고　말해주리

누구보다　ㄴㅐ가 먼저
사랑한다　말해주리

당신은 어디를 향해 바쁘게 걸음을 옮기던 중인가?

#21

우린 만날 수 있을까?

콘크리트 부서진 틈 사이에서도
ㄴㅏ, 살아있음을 노래하고 있어

생명이 다 하는 어느 날
ㄴㅐ 몸은 물질로 흩어지고
ㄴㅐ 영은 별이 되어 반짝이겠지만

지금 ㄴㅏ는 살아있음에 감사해
햇살의 따사로움과
바람의 속삭임이 ㄴㅏ와 함께 하거든

이 바램은 욕심일까?
'친구가 될 비슷한 초록이
함께라면 좋을텐데'

그런데
세상엔 초록이 ㄴㅏ밖에 없을까?
다른 초록이 보이지 않는다고
ㄴㅏ 혼자만 있다고 단정하고 싶지 않아

ㄴㅐ 안에서 이렇게
생생한 흔적이 흐르는 걸

ㄴㅏ, 살아있어
넌 어떠니?

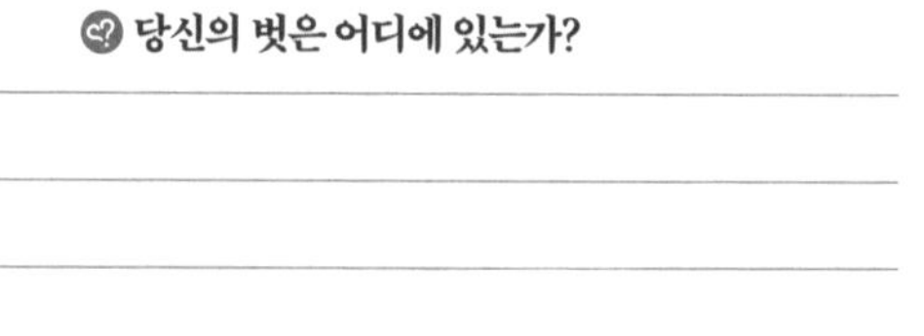

#22

파도와 그림자

1.

만약 당신이 빛이라면
ㄴㅏ는 그저 그림자일 뿐이라오

그대가 찬란하게 빛날수록
ㄴㅏ의 어둠은 한없이 짙어져만가오

그대가 노을과 함께 사라질 때
ㄴㅏ 역시 어둠 속으로 사라져가오

2.

만일 그대가 바람이라면
흔들리는 ㄴㅏ는 파도일 뿐이라오

그대가 거세지고 빨라질수록
높아진 ㄴㅏ는 더 사나워져가오

그대가 별과 함께 사라지면
ㄴㅏ는 바다 깊은 곳에 잠이드오

3.

당신이 하나의 질문이라면

ㄴㅏ는 그저 하나의 답일 뿐이라오

질문이 사라지는 순간

ㄴㅏ는 의미를 잃게 된다오

당신을 온전하게 하는 그 사람은 누구인가?

#23

겨울

겨울이다
눈사람을 만들자

겨울이라고 눈사람을
만든다는 것을 생각한다
겨울의 좋은 점은 생각지도 못하고
눈사람을 만들 생각을 한다

겨울이 말한다
"나도 생각해줘
눈사람을 만들려면
내가 있어야 한다고!!"

ㄴㅏ도 생각해달라고
겨울은 자꾸 추워진다

* 둘째 딸의 시

따뜻할 온

얼어붙은 당신의 맘을 따뜻하게 녹여주는 것은 무엇인가?

#24

날개

네게 준 답들은
너를 무겁게 짓누르겠지만

네가 품은 질문은
네 날개가 되어 줄 거야

사랑하는 아이들에게 부모로서 선물해 주고 싶은 것은 무엇인가?

#25

아이를 위한 기도문

ㄴㅏ는 자라길 원합니다
성장하길 원합니다

성장을 방해하는
모든 건강하지 못한 일들에 대해
주눅들거나 회피하지 않을 것이며

그 당당함을 바탕으로
세상의 아름다움을 보려합니다

세상에 그림자가 있어
온전히 아름답다는 것을
이해하기 위해 노력할 것이며

그것이 바로 사랑임을
온몸으로 체험하길 원합니다.

* 아내 인디의 시

사랑 애

어른됨이란 무엇인가?

#26

시를 쓰는 아이, 시를 읽는 아빠

아이야, 시란 무엇일까?

얼을 깨우는 언어이거나
깨어난 얼의 노래이리니
시가 없는 삶이라는 건
그 얼마나 시시하던가

질문이 사라진 어른은
시를 쓰지 못해 늙고
시를 쓰지 못하는 젊은이는
사랑하지 못하게 되더라

시는 무엇일까라는 너의 물음에
네 영혼과 ㄴㅐ 영혼이 함께 속삭이는
마법의 대화라고 말하고 싶구나
네가 시인이라는 사실이 아빠를
미소짓게 하는구나

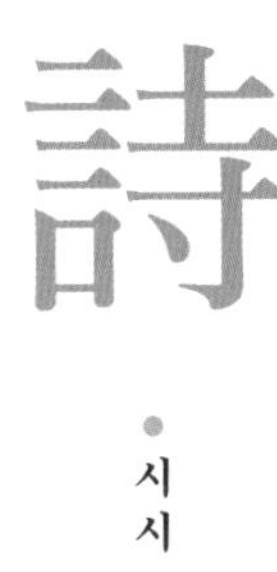

시
시

시인의 삶을 살고 있는 이는 누구인가?

#27

눈이 쌓인 어느 날, 문득

눈 내리는 어느 날
불혹에도 여전히 흔들리는 아빠도
시라는 것을 끄적거린다

눈이 쌓인 날 눈만 생각하지 말고
겨울 생각도 좀 하자던
둘째 딸의 예쁜 시를 아빠는 기억한다

남보기도 부끄러운 시를 쓰겠다고
불혹에도 여전히 깝죽거리는 것은
선물 같이 다가온 너라는 존재 때문이다

미끄러운 세상 위를 걷고 있는
이 땅 위의 어른들이 넘어질 수 없는 것은,
아니다
넘어져도 다시 일어설 수 밖에 없는 이유는

아이들의 손을 잡을 때마다 느껴지는
그 따스한 온기 때문일지도 모르겠다

손 잡아주어 고맙다
문득
고맙다

흔들리고 미끄러져도 넘어질 수 없는 이유는 무엇인가?

#28

그렇게 벗들은 서로 멀어진다

서로를 비난하는 벗 사이에
서 있어야 한다는 것은 슬픈 일이다
함부로 화해를 권하거나
어느 한편의 손을 들어준다는 것은
차마 못할 짓이다
그저 슬퍼할 뿐이고
상처받은 벗의 비명을
들어줄 수 밖에 없음은
우리 삶의 슬픈 일면이다

오해가 이해가 되도록 돕는 일도
때를 놓치면 개입하기 어렵다
그저 서로의 상처가 아무는 시간을
함께 견뎌야 하지만
어딘가 그 흉터가 남아서

나쁜 기억을 -한때는 소중하다 여겼던-
왜곡되고 일그러진 기억으로
계속 환기시킬 것이다

그렇게 벗들은 서로 멀어진다

그대가 용서하지 못하고 있는 것은 무엇인가?

#29

기억됨

ㄴㅐ가 디자인하는 질문들에 비하자면
ㄴㅐ가 끄적이는 시들은 인기가 없다

그러나 모든 위대한 글들이 그러하듯
단 한 사람만을 위해 글을 쓸 수 있다면
그것으로 이미 충분하다

어느 날 ㄴㅏ는
ㄴㅐ 딸들에게
시인이었던 아빠로
기억되고 싶다

당신은 어떤 사람으로 기억되고 싶은가?

#30

만약에 아빠에게 묻는 걸 허락한다면

지켜만 보았다
네가 그림을 그리는 모습을
그리고 또 그리고
다시 또 그리는 너를

멀리서 지켜만 보았다
네 작품을 엽서로 만들고 뱃지로 만들어
팔아보고 좋아하는 네 모습을
그런데 미처 묻지 못했구나
그 경험이 네게 어떤 의미였는지

이번에도 지켜만 보았다
조금 더 잘 팔리는 상품을 만들어보려고
쿠션으로 머그컵으로도 거울로도 만들었지만
이번에는 생각보다 팔리지 않아 낙심한 네게
미처 묻지 못하고 또 지나갔구나

만약에　아빠에게 묻는 걸 허락한다면
이렇게　묻고 싶단다

실패가　남기고 간 선물은 무엇일까?
실패한　네게 필요한 위로의 방법은 뭘까?
다시　또 시도해본다면 무엇을 다르게 해보고 싶니?

아니다
아빠가　방금 끄적인 질문들은
실패다　아빠가 또 실패했구나

아빠답게　품어주는 질문이 아니라
꼰대처럼　머리로만 묻고 있구나

다시　물을게

만약　너무 힘들어서 위로가 필요할 때
아빠에게도　손 내밀어 줄 수 있겠니?
지금　답해주지 않아도 고맙다

아빠는 네가 성공했든, 실패했든
다만 지켜보고 있을게
조용히 응원하고 있을게
언제나 기다리고 있을게

더 좋은 질문이 필요한 순간
아빠를 만나러 와 줄 수 있겠니?
여기서 답해주지 않아도 사랑한단다

아빠를 기억해 줄 수 있겠니?
네 실패까지도 안아주고 싶어하는 아빠로

실패한 이에게 무엇을 물어야 할까?

2부

머무르다

삶에서 마주친 소중한 질문들,
삶을 재창조하는 힘은 어디에서 오는가?

질문하는 삶에 머무르다
삶의 온전함에 머무르다

외롭고 괴로워 다행이다

•

외로울 때 詩를 쓴다.

그대와 떨어져 있는 순간에도

그대와 함께 한 순간에도

늘 외롭다 느끼니 나는 詩人이다

괴로울 때 질문한다

괴로움이란 무엇인지를 묻고

괴로움의 원인이 어디서 왔는지를 묻고

괴로움을 승화시키려면 누구를 만나야 하는지

늘상 물으니 나는 질문술사다

그러니 참 다행이다

나의 외로움이 詩가 되고

나의 괴로움이 질문 선물이 되어

그대들과 나눌 수 있으니

#31

질문이 필요한 순간

1.

질문이 필요한 순간,
없더라 물어주는 사람이
모든 것이 의미없게 느껴지고
방향을 잃고 길을 찾지 못하였다

질문이 필요한 순간,
어렵더라 좋은 선택이 무엇일지
스스로 답하기란
'공부했니? 취직은?
그래서 성공하겠니?'
남들의 쓸데없는 질문에 답하느라
헛되이 시간을 흘려보냈다

질문이 필요한 순간,
힘들더라 마주하기
안에서 올라오는 질문을

끝없는 자극으로 질문을 내리누르고
도망쳤다 어둠 속 깊은 곳으로
누르고 눌러 가두고

질문이 필요한 순간,
침묵했다 묻지 못하고
질문해서 겪는 불편은 피했으나
그릇됨은 만연했고 악은 방치되어
쌓여만 가더라 참혹하더라

2.

질문이 필요한 순간,
다가왔다 그 사람이
고민해야 할 것을 물어주고
고민해야 할 관점에서 고민하도록
다시 물어주더라
질문이 다시 숨쉬기 시작했다

질문이 필요한 순간,
물어주었다 그 사람이
ㄴㅐ 이야기를 들어주었고
그의 생각도 나눠주었다
질문이 열리니 새로움이 흘렀다

질문이 필요한 순간,
멈춰섰다 도망가지 않고
질문을 마주하고
답했다 용기내어
질문은 사라지고
ㄴㅐ가 다시 보이더라

질문이 필요한 순간,
물었다 용기내어
비록 그는 답변을 거부했지만
그의 표정은 이미 답을 하였다

아직 인간이란 신호다
여태 침묵하고 있지만
ㄴㅏ 또한 질문하기를 멈출 수 없었다

3.

질문이 필요한 순간,
질문한다 그저
질문에 머무른다
고요히 답을
기다리고 기다린다

답이 필요한 순간
다가왔다 당신이
답 보다 먼저

'당신을 만나기 위해 질문이 필요했구나!'

4.

그리고 질문한다

"지금 이 순간이 아니라면
바로 이 곳이 아니라면
언제 어디서
질문할 수 있을까요?

참다운 질문을
당신의 질문을
언제까지 미루려 하나요?"

당신 삶에 더 좋은 질문이 필요한 순간은 언제인가?

#32

발 밑에 숨은 그림자처럼

새까맣게 어두운 날
별이 묻지만
땅 위에 잠든 우리는
답하지 못하네

찬바람 불어오는 날
꽃이 물어와도
바쁘게 걸어가는 우리는
답할 새 없다네

매일 매일 매일 밤
달이 다가와 속삭이듯 물어도
떠드느라 정신없는 우리는
질문따윈 망각한지 오래라네

질문은 늘 함께이나
머무는 법을 잊어버린 인간에겐
발견되지 못한 채
발 밑 그림자에 숨어
그저 기다린다네

질문은 어디에 숨어있는가?

#33

내게 질문해 주는 사람이 그리울 때

1.

페이스북을 열어 친구들의 흔적을 본다
뭘 하고 있는지 무슨 생각을 하는지 좋아요를
누르고 댓글을 남긴다
정말 좋아서 눌러주는 것이 아니다
그와 연결되고 싶어 누르는 것이다
정말 그런가?
ㄴㅏ와 연결되어 달라 누르는 것은 아닐까?

2.

페이스북이 매일 물어오는 질문
"무슨 생각을 하고 계신가요?"
10억명이 넘는 사람들이
매일 마주하는 똑같은 질문
ㄴㅐ게 필요한 질문은 그런 질문이 아니다
오늘도 답하지 않고 지나간다

3.

'밥 먹었니? 지금 뭐해? 일은 다 했어? 언제 와?'

이것은 질문일까?

'네 생각이 나, 혼자 있기 싫어, 빨리 와'라는 메시지를

단지 의문문으로 표현한 것

ㄴㅐ 안의 목소리를 끌어내지 못하고

ㄴㅐ 밖의 기대에 반응하는 것이

때론 너무 피곤하다

다르게 질문해 주는 사람이 그립다

ㄴㅏ도 그렇지만 너도 그렇겠지

4.

'네가 궁금한거 말고

ㄴㅐ가 말하고 싶은 걸 물어줘

네가 하고 싶은 결론으로 유도하는 질문 말고

ㄴㅐ 생각과 느낌과 욕망들을

진정으로 듣고 이해하기 위해 물어줘'

하기야

ㄴㅏ도 ㄴㅐ게 못해주는 걸

ㄴㅏ 아닌 네게 바란다는 건

너무 이기적이겠구나

5.

ㄴㅐ게 묻는 사람은 많아도

ㄴㅏ를 묻는 사람은 없구나

네게 묻는 사람이 많아도

너를 묻는 사람이 없듯이

6.

2500여년 전 아테네 광장에 사람들이

모여들자 질문에 미친 소크라테스가

찾아와 질문을 던졌다

'누가 지혜로운 자인가?'

10억 명이 모여든 페북에서

질문하다 미쳐버린 질문술사가

다르게 또 묻는다

'누구와 연결되려 하는가?'

한번 더 묻는다

'당신에게 진솔하게 질문해주고 있는
사람은 누구인가?'

당신을 위해 질문해주고 있는 사람은 누구인가?

#34

당신의 질문은 가짜다

거짓된 질문이란 무엇인가?

정답이 정해져 있는 질문은 가짜다
무지를 인정하지 않는 질문은 가짜다
호기심이 없는 질문은 가짜다
집요한 탐구가 없는 질문은 가짜다
그것들은 질문을 가장한 오만이다

나쁜 질문이란 무엇인가?

침묵이 없는 질문은 나쁘다
기다림이 없는 질문은 나쁘다
배려가 없는 질문은 나쁘다
만남이 없는 질문은 나쁘다
사랑이 빠진 질문 따윈 답할 가치도 없다

나쁜 질문을 하는 이들은
'나'만 생각해서 나쁜 것이다

가짜 질문을 하는 이들은
진실을 억압하기에 나쁜 것이다

나쁜 것들은 아름답지 못해 추하다
가짜 질문은 거짓이기에 추하다
'나'뿐인 질문은 참말로 추하다

진실되게 묻고 있는가?
누구를 위하여 묻고 있는가?

당신은 누구를 위해 묻고 있는가?

#35

심오한 질문, 게으른 대답

1.

가장 단순한 질문이
가장 심오하다고?

그럴지도 모르지
심오하다고 하여
좋은 질문인 것은 아니지

좋은 만남이 있다면
질문도 좋더라
심오한 질문도 외로운
이들에겐 적이더라

2.

먼지 쌓인 질문을
가끔 다시 꺼내어
새롭게 답해 본다

고독한 침묵을 벗삼아
홀로 고요히 답할 때와
둥그렇게 둘러앉은 벗들과
두런두런 답할 때는
답들이 같지 않더라

같은 질문이라 하여도
누가 물어주느냐에 따라 대답은
한결같지 못하고
달라지고 말더라

3.

변덕스런 운명처럼
ㄴㅐ가 서 있는 곳이 변해가는데
대답이라고 늘 같을 수 있겠는가?

마주앉은 이가 다르고
그에 대한 ㄴㅐ 마음이 변하는데
대답이 어찌 한결같을 수 있겠는가?

ㄴㅏ는 여전히 게으름을 피운다
가끔 절실히 물어야 할 질문을
발 아래 내려두고서

벗이 떠난 자리에
답하지 못한 질문이 남아있지만
홀로 답하는 놀이는 권태롭기만 하더라

모든 이들의 질문에
답할 필요는 없다 하더라

어차피 답을 정해놓고 묻는 질문 따위에
애써 답할 필요는 없더라

벗이 아닌 이들의 질문엔 게을러도
나쁘지 않고 좋더라

默

잠잠할 묵

답하지 않아도 되는 질문은 무엇인가?

#36

흔적

모든　만남은 흔적을 남긴다
텅빈　지갑, 가득쌓인 영수증
충만한　기쁨, 아쉬움과 슬픔
만나고　남겨진 흔적이
말을　걸어온다

흔적만　기억하고
만남을　망각하는 자
흔적만　추구하고
만남에　소홀한 자

그대와의　만남이 남긴
아름다운　질문은 무엇인가?

모일 회

오늘 만남이 남긴 질문은 무엇인가?

#37

질문이란 작고 초라한 바가지

질문이란 작고 초라한 바가지
이 세상 크고 깊은 지혜의 샘물에서
겨우 이 한 몸 갈증을 잠시 해소할
지식 쪼가리 몇 개를 담아올 뿐이라네

질문이란 작고 볼품없는 바가지
그대 뜨거운 사랑의 바다에서
겨우 하루를 버틸 따뜻한 온기 한그릇
담아올 뿐이라네

ㄴㅐ 작고 깨지기 쉬운 바가지는
겨우 그정도 밖에 담지 못한다네

스스로를 초라하게 느끼는 순간은 언제인가?

#38

침묵의 공간(卽問空答)

질문이　끝난 자리
답으로　성급히 채우지 말기를

잠시　침묵이 흐르게 하고

텅빈　공간을 바라보는 것도 좋다네

이미　알고 있는 자신의 답이 아니라
다른　이들의 생각도 머물다 가도록
잠시　비워두는 것도 좋다네

답할 수 없을 때는 어찌해야 하는가?

#39

디자인의 본질?

디자인은 보이지 않는 것을
보이도록 한다

보이지 않는 질문 보다
보이는 질문을 디자인하는게
ㄴㅏ의 일이다

디자인은 경험되지 않는 것을
체험되도록 한다

경험없는 질문보다
체험되고 통하는 질문을 디자인하는게
ㄴㅏ의 일이다

근본 본

당신이 하는 일의 본질은 무엇인가?

#40

질문술사의 기도

세상을 다르게 바꾸려 하기 전에
세상과 바르게 만날 수 있게 되기를

빠르게 너를 변화시키려 하기 전에
온전히 너를 이해할 수 있게 되기를

ㄴㅏ를 빛나는 성공으로 이끌려 하기 전에
ㄴㅏ의 그림자도 사랑할 수 있게 되기를

올바른 답을 찾으려 하기 전에
아름다운 질문을 품게 되기를

그 길을 묻습니다
그리고 침묵 속에서
고요히 머무릅니다

뜻 의

당신은 왜 이 일을 하는가?

#41

동행(同行)

차오르는 숨을 삼키며
따라잡으려 해도 시커먼 너는
항상 ㄴㅐ 앞을 달린다

뒤돌아 죽어라 뛰어도
넌 결코 떨어지는 법이 없구나

피터팬처럼 날아다니려면
네가 없어져야 할텐데
너는 왜 ㄴㅏ를 놓아주지 않는거니

커다란 어둠 속에 둥지를 트니
네가 보이지 않아 좋구나

이젠 세상의 어둠을 마주하며
목 터져라 증오와 불평을 쏟아낸다

'내가　보이지 않는다고
없어진 것은　아니야'

네　속삭임이
화들짝　ㄴㅏ를 깨운다

그래　빛으로 다시 나아가자
너와　함께 말이야

ㄴㅏ는　따뜻한 빛을 즐길테니
너는　시원한 그늘을 창조하렴

처음으로　ㄴㅐ게
웃으며　손짓하는 너를 본다

그림자 영

당신이 외면하고 있는 일은 무엇인가?

#42

담배와 커피에 중독된 가련한 영혼에게

1.

ㄴㅏ는 어떤 영혼의 향기를 뿜어내고 있을까?

밤늦게 집으로 돌아갈 즈음
ㄴㅐ 옷은 담배 냄새로 찌들어 있다
부끄러운 마음에 탈취제를 듬뿍 뿌려보지만
몸 속까지 스며든 악취는 쉽게 사라지지 않는다

잠든 영혼을 각성시킨다는 핑계로
아침부터 카페인 가득한 커피로 위장을 채우고
긴장된 마음을 달래며 니코틴으로 폐를 채운다
중독된 영혼은 언제나 피곤해하며 향기를 잃는다

향기로운 영혼은 마음과 몸을 감싸고 싶으나
불안한 영혼은 몸과 마음을 끝없이 혹사시킨다
벗들의 머리에 깨우침을 주려는 욕심은
따뜻한 가슴을 냉담하게 식히고

뛰놀고자 하는　두 발을 멈춰 세운다

스승의 향기에　물들고자 한 걸음 다가서나
뒤돌아 나오면　결국 사라지는 향기로움
스스로 발하는　향기가 없이는
꽃으로 날아간　나비를 초대할 수 없으리라

2.

온전하고　향기롭게 피어날 때는 언제인가?

몸은 비록　역겨운 냄새에 찌들어 있어도
영혼에 새겨진　향기는 감출 수 없다하네
벗들과 함께　온 바람이 악취를 씻겨주고
빗물 속을　거닐며 찌든 때를 벗겨낸다

잠든 영혼을　각성시키려 억지부리지 않고
긴장된 마음　뒤도 살피며 불안에 머무른다

때가 되면　깨어나 청소를 하고
때가 되면　펜을 들고 생각을 끄적인다
때가 되면　밖으로 나가 벗을 만나고
때가 되면　돌아와 가족과 옹기종기 온기를 나눈다

어른이 되다만　아해는 여전히 담배를 피우고
쉴 곳 없이　떠돌다 커피숍을 찾는다
때가 되면　담배도 커피도 떠나보낼 수 있겠지만
여전히　의존하는 불완전함이
부끄럽고　슬프다

당신의 삶은 어떤 향기를 뿜어내고 있는가?

#43

부족함에 머무르고 있는가?

부족한 것을 받아들이지 못하고
채우지 못함을 참지 못하는 이놈

갈애(渴愛)가 일어나니
모든 것들이 괴로움으로 흘러간다

흐르는 것을 멈추려던 사내는
무상함을 마주하지 못하고
흘러간 것들에 집착한다

고요한 침묵 속에서
오직 모를 뿐임을 마주하나
답을 얻어낼 욕심에
질문을 써내려가며
억지 생각을 일으킨다

몸은 움직이지 않고

맘은 조급하고 답답하니

다시 돌아

부족함에 머무른다

왜 부족함을 받아들이지 못하는가?

#44

나는 재능이 없다

1.

ㄴㅏ는 말에 재능이 없다
만남을 업으로 하는 일에 지원했으나
커뮤니케이션 역량이 부족하다는
평가를 받고 탈락하고 또 탈락했다

ㄴㅏ는 말에 재능이 없다
면접을 보고 나오니
당신 말은 하나도 알아들을 수 없다던
박한 평가를 받고 또 탈락했다

2.

ㄴㅏ는 글에 재능이 없다
글을 써서 올리고나니
오탈자와 비문 투성이고
ㄴㅐ 스스로 읽기도 힘든 만연체
부끄러운 문장들이 가득하더라

ㄴㅏ는 글에 재능이 없다
저 위대한 선배들의 재기 넘치는 글에 비하자면
ㄴㅏ의 글은 얼마나 초라하고 볼품 없는가?

3.

진심이 담긴 말을 귀히 여기고
질문하고 경청하고 ㄴㅏ의 말을 전하며
밥먹고 살아가는게 ㄴㅏ의 일이다
말에 재능이 없다던 ㄴㅐ가

지혜로운 글을 귀히 여기며
쓰고 또 쓰고 다시 써서
책 한권을 세상에 내놓고
또 다시 쓰고 고쳐 써서
다음 책을 준비 중이다
글에 재능이 없다던 ㄴㅐ가

4.

그러니 재능 따위를 입에 담는 이들의
선부른 조언에 너무 신경쓰지 말라
그들은 조언에 별로 재능이 없을 것이니

그냥 하는 거다
좋아하는 일을
의미있는 일을
계속 하고픈 일을

멈추고 싶지 않은 것은 무엇인가?

#45

당신은 완벽하지 않다

1.

ㄴㅏ는 완벽하지 않다
그러나 온전하다

ㄴㅏ의 행동은 완벽하지 않다
그러나 ㄴㅏ의 행동엔 온전함이 스며있다

때때로 멈춰 있는 ㄴㅏ는
온전함을 망각하곤 한다
온전함은 행동을 좋아한다
완벽한 행동이 아니라도 좋다
실수와 부끄러움이 따라오더라도
ㄴㅏ의 온전함은 행동으로 기뻐한다.

2.

당신은 완벽하지 않다
그래서 아름답다
완벽함 따위에 박수치기 보단

온전함에 보내는 위로와 격려가 좋더라

부끄러워도 당당하게 시도하고
두려워도 한걸음 더 나아가보고
부족함을 느껴도 나눌 줄 아는 당신이
완벽하진 않지만 함께 하긴 좋더라

3.

온전함은
행동하게 하며
고마움을 드러내고
서로에게 기댈 여백을 선물한다

완벽하지 않아도 괜찮다
그러니 우리의 온전함이
삶과 함께 춤추도록
허락해보자

다시

온전할 전

당신의 아름다움은 무엇인가?

#46

삶을 아름답게 만드는 것들

1.

변하지 않는 것보다
변하는 것 속에서
아름다움을 보네

이 가을을 아름답게
물들이는 단풍은
조만간 사라질 것임을

그래서 더 아름답네

2.

변하는 것들 사이에
변치않는 것들에서
아름다움을 보네

고집스럽게 소중한 것들을
지켜나가는 인간들의

의지는　덧없으나

그래서 더　아름답네

3.

그대를　아름답게 만드는 것이
너무도 많아　끄적이지 못하는
나의 수줍음도　오늘을 아름답게 하네

무엇이 삶을 아름답게 만드는가?

#47

그림자가 묻다

다른 이의 그림자에 마음을 빼앗겨
빛이라는 사실을 잊어버린 빛은
사실 그림자가 아니다

'이 사악한 밤의 자식아'
시커먼 그림자를 비난하는 빛은
아직 빛나지 못한 빛이리

그 그림자를 만든 것이
자신의 밝음이란 것을
언제쯤 알아차릴 것인가 빛은
그림자를 아직도 만나지 못하니

그림자를 지우는 것 또한
자신의 밝음이란 것을
언제쯤 인정할 것인가 빛은
그림자를 정녕 모르고 또 모른다네

그 그림자의 품에 숨어
잠시 쉬어가는 이도 있다는 걸
언제쯤 받아들일 수 있을까 빛은
쉼 없이 빠르기만 하구나

홀로 지쳐가는 빛에게
그림자가 다가와 묻는다

'빛아,
너는 왜 그리 빛나니?'

당신은 무엇을 할 때 가장 빛나는 존재인가?

#48

흔들리는 꽃

꽃이 흔들리는 건
꽃 때문이 아니다
저 바람과 만나
춤을 추는 것이다

꽃이 피어나는 건
봄 때문이 아니다
이 햇살과 만나
옷을 벗는 것이다

꽃이 아름다운 건
빛 때문이 아니다
바로 당신과 만나
미소 짓는 것이다

훈들 교

당신이 멈출 수 없는 이유는 무엇인가?

#49

머무름

빠름이 넘치는 시대
숨이 가빠 멈춰선다
잃어버린 ㄴㅏ를 찾는다

손가락질 비난을 흘려보내고
고요히 너를 바라본다
너를 통해 ㄴㅏ를 본다

함께 머무는 사이로
찰나의 미소가 흐른다
ㄴㅐ 안에서 너를 본다

너와 ㄴㅏ 사이에
슬며시 피어나는구나
우리라고 불리우는 더 큰 자아가

사이 간

나와 너 사이엔 무엇이 있는가?

#50

이것은 시(詩)가 아닙니다

시가 아닙니다
시라 부르기엔
저 별들에 부끄러워
어둠 속으로 숨고 싶어요

부끄러워도 끄적이는건
싹을 틔우고 싶어서랍니다

우리 안에서 피어날
어른다운 어른 나무님들의

씨앗 詩

자신과 우리의 삶을 위해 당신은 어떤 씨앗을 심고 있는가?

#51

자기다움

참나무로 자란다는 것은
'도토리다움'을 포기하는 것

그리하여
도토리다운 참 도토리를 잉태하는
나무가 되는 것

자기다움을 지키기 위해 버려야 할 것은 무엇인가?

#52

오! 맙소사!(Oh! I AM GOD!)

오! 맙소사! 누가 그러디?
네가 죄인이라고
ㄴㅏ는 너를 사랑한단다

오! 맙소사! 누가 그러디?
에덴에서 너를 추방했다고
ㄴㅏ는 너를 사랑한단다

오! 맙소사! 누가 그러디?
십자가가 아니면 구원이 없다고
ㄴㅏ는 너를 사랑한단다

오! 맙소사! 누가 그러디?
교회 안 나오면 ㄴㅏ를 만날 수 없다고
ㄴㅏ는 너를 사랑한단다

오! 맙소사! 누가 그러디?
인생에서 성공해야 한다고

ㄴㅏ는 너를 사랑한단다

오! 맙소사! 누가 그러디?
불신자를 죽여야 한다고
ㄴㅏ는 너를 사랑한단다

오! 맙소사! 누가 그러디?
네가 이 세상에 필요치 않다고
ㄴㅏ는 너를 사랑한단다

너의 오해가
ㄴㅏ를 슬프게 하는구나

당신을 슬프게 하는 것은 무엇인가?

#53

왜 달리는가?

균형잡기 위해 걷는가?

그럴리가!

걷다 보니

떠나는 법을 배웠네

바람이 불어 뛰는가?

그럴리가!

뛰다 보니

중력을 느끼게 되었네

살기 위해 달리는가?

그럴리가!

달리다 보니

삶을 즐기게 되는구나

달릴 주

당신이 왜 사는지, 당신의 삶의 의미가 무엇인지,
당신의 어떤 행동을 통해 알 수 있을까?

#54

별의 눈물

1. 그림자를 달고 사는 죄인

빛을 향해 미친 듯이 날아가는 부나방들
자신의 그림자가 선명히 보일수록
어둠이 주변을 삼켜갈수록
빛을 향해 더욱 더 빠르게 달려든다

스스로 빛나는 별의 숨결, 빛
태양의 숨결은 강렬하고
북극성의 숨결은 흔들림이 없다
부나방들은 이 숨결에 취하여 흔들린다

그림자를 달고 사는 어린 백성들
언제나 그 숨결을 따라 살아가고자 발버둥친다
가까이 다가설수록 길어지는 그림자에
몸서리치며 두려워한다

2. 열세번째 사도와 어둠

스스로 빛나던 이의
열세번째 사도란 이가 소리쳐 외친다

'온 세상 속에 그림자 없는 분만이
스스로 빛나는 존재입니다
그림자 달고 다니는 죄인들은
마땅히 태양아래 엎드려 사죄하시오'

'웃기는 소리'
칠흙같은 어둠 속에서 미소짓던 이가
자신에겐 그림자가 없음을 주장하며
자신이 바로 스스로 빛나는 이의
환생이라 주장하고
자신을 경배하라 요구한다

부나방들은 혼돈스럽다
빛을 향해 나아가며
그림자로부터 도망칠지
아니면 어둠을 향해 경배하며
그림자 숨겨야할지

3. 별의 눈물

스스로 빛나던 이는 눈물 흘린다
너희가 ㄴㅔ 안의 빛을 꺼낼 때에만
진실로 그림자가 사라질 터인데
너희는 그림자에 사로잡혀
스스로를 파멸시키는구나

친구를 기다리던 별은
울다 지쳐 깜빡 잠이 든다

스스로 외면하고 있는 당신의 그림자는 무엇인가?

#55

그대의 시간은 어디에서 멈춰있는가?

1.

오늘을 사는 ㄴㅏ는
내일의 ㄴㅏ와 만난다

선택과 행동을 통해
자각과 책임을 통해

지금, 이 자리에
이미 와 있는 미래

2.

오늘을 사는 ㄴㅏ는
지나온 ㄴㅏ를 만난다
회고와 성찰을 통해
감사와 축하를 통해

지금, 이 자리에
함께 서 있는 과거

3.

오늘을 사는 ㄴㅏ는
오늘의 ㄴㅏ와 만난다

기쁨과 사랑을 통해
분노와 슬픔을 통해

지금, 이 자리에
잠시 깨어난 현재

당신 자신과 만나려면 언제, 어디로 가야하는가?

#56

처음엔 아주 미세한 균열이었다

그건 아주 미세한 균열이었다
처음엔 그 틈이 낯설어 크게 느껴졌다
하지만 그저 금이 간 것이었다
또 다른 곳에서 금이 가고 또 금이 가면서
이것들은 전조에 지나지 않음을 본다

깨어지는 것일까? 아니면 깨어나는 것일까?

빛에 취하다가도 빛이 두려워
틈을 막아보려고 노력해 보지만
또 다른 곳에서 균열을 본다

무슨 일이 내게 일어나고 있는거지?

두려움과 습관적 반응을 잠깐 내려놓고
본다 응시한다

찢을 열

당신 삶에 무슨 일이 일어나고 있는가?

#57

부끄럽고, 불안하고,
죄책감을 느끼는 나

ㄴㅏ는 ㄴㅏ의 탐욕스러움을 부끄러워한다
ㄴㅏ는 ㄴㅏ의 어리석음에 늘 불안해한다
ㄴㅏ는 ㄴㅏ의 노여움에 종종 죄책감을 느낀다

탐욕은 ㄴㅐ 가난한 마음의 벗이고
무지는 ㄴㅐ 오만한 마음의 벗이고
분노는 ㄴㅐ 미숙한 마음의 벗이다

가난하고 오만하고 미숙한 ㄴㅏ를
그저 수용해주고 다독여주고 껴안아주는
ㄴㅐ 아내와 스승들과 벗님들과
무엇보다 ㄴㅏ 자신에게 빚을 지고 산다

그럼에도 불구하고 살아간다
부족한게 온전하다 여기며
불안한게 자연스럽다 여기며

나그네 여

온전한 나를 찾아가는 여행은 언제 시작할 것인가?

#58

그만두지 못한다면?

다시 시작하기 어렵다
만족스럽지 못한 자신의 삶을
불평하고 비난하는 폭력을
그만두지 못한다면

다시 만나기 어렵다
실수하고 좌절한 친구에게
상심해 슬퍼하는 친구에게
충고랍시고 떠드는 조언들을
그만두지 못한다면

다시 이루기 어렵다
혼자 모든 것을 감당하고
벗들의 도움없이 일하는 것을
그만두지 못한다면

다시 기뻐하기 어렵다
스스로의 노고(勞苦)에 고마워하고
벗들의 성취를 축하할 시간도 없이
급급하게 할 일 목록 (To Do List)에 매달리는 삶을
그만두지 못한다면

멈추고, 그만두고, 버려야 할 것은 무엇인가?

#59

눈병

푸른 지구의 눈에는 인간이야 말로
세균 덩어리 일지도 모른다
얼마나 빠르게 퍼지는지 걷잡기 어려운
병균처럼

사랑하는 이의 눈에
병균을 바라보는 듯한
분노와 멸시가 스며있고
그 눈동자 안에 있는 것이
세균 덩어리가 아니라
ㄴㅏ라고 느껴질 때가 있다

지구의 삶에 그다지 도움되지 못하는 인간처럼
사랑하는 이의 삶에 고통과 아픔만 주고 있는 ㄴㅏ는
치유될 수 있는 존재인지 의문을 품다가
푸른 눈의 건강을 위해 사라지는 것이 옳은가를
어리석게 묻고 있다

푸른 눈물에 씻겨 그렇게
사라지는 것이 좋을까
눈물에 스며들어 묻고 또 물으며
눈병 같은 ㄴㅏ의 앞날을
다시 또 묻고 있다

고통과 함께 살아가는 방법은 무엇인가?

#60

비루한 시인의 하루

우울할 땐 니체를 읽는다
말하고 싶은게 있을 땐 시를 끄적인다
'선물'같은 질문은 붙잡아 노트에 적어둔다

애들과는 여전히 투닥거리고
회복중인 아내와는 잠깐 산책을 한다
비와 우박이 내린 후 낙엽을 바라본다

매일 훌륭한 남들의 문장을 베껴쓰고
매일 보잘 것 없는 나의 글은 쌓아둔다
베껴쓰다가 도둑글이 되기도 한다

다시 쓰고, 고쳐 쓰며, 누더기가 된 글을
삼류 시인 박씨는 홀로 부끄러워한다
어제도 그랬고 오늘도 그렇다

역시나 필요한 날이었고

여전히 비참한 날이었다

시인의 하루가 비루하다

오늘 당신의 하루가 비루하고 보잘 것 없이 느껴질 때,
어떻게 다독여야 하는가?

3부

다시, 걷다

삶으로 꽃 피워낼 한 단어는 무엇일까?

일상을 성찰하며 다시 걷다
새롭게 시작하며 다시 걷다

씨앗단어

•

詩 한 편 끄적이고 싶을 땐
마음밭에 심어둘 씨앗 단어 하나를
고르고 골라 택한다

마음밭에 심어둔 씨앗 단어 외롭지 않도록
눈물로 비를 대신해 목마름 채워주고
따스한 햇살 대신해 고마운 맘
따뜻한 말로 빛살을 내려준다

내 그림자 응달삼아
쉬엄쉬엄 자라다가
어느 날 문득 바라보면
詩로 꽃피어
떠나간다 말한다

#61

나는 무엇을 배웠는가?

1.

ㄴㅏ는 배웠다
책을 통한 간접 경험들 또한
몸을 통한 직접 경험만큼이나
기쁨을 선물한다는 것을
지구 반대편에 살고 있는 스승들과
수천년 세월 전에 울려퍼진 목소리도
책 속에 담겨 만날 수가 있음을

2.

ㄴㅏ는 배웠다
배우는 자가 없다면
가르치는 자 또한 없다는 것을
수많은 학교와 교실을 만들고
가르침으로 먹고 사는 전문인을 키워도
배우는 자가 없다면 헛된 투자임을
대학이라 불리우는 곳에 배움이 있는 것이 아니라
학습자가 있는 곳에 배움이 되살아난다는 것을

3.

나는 배웠다

무엇을 가르칠지 고민하고 훈련하는 것보다

어떤 배움이 필요한지 묻고 대화하는 것이

더 크고 깊은 배움을 촉진한다는 것을

참가자들의 참여를 촉진하는 퍼실리테이션이나

실제 과제를 함께 해결하기 위한 액션러닝같은

방법들이 배움의 질과 배움의 기쁨을

더 높은 차원으로 이끌 수 있다는 것을

4.

나는 배웠다

코치(Coach)는 선수(Player)의 성장과 성공에

공헌함으로써 승리와 보람을 함께 누리는 존재임을

우리 삶을 위해 더 필요한 것은

더 많은 심판이나 감독관이 아니라

우리를 조력하는 코치와 같은 존재들임을

5.

ㄴㅏ는 배웠다
꿈을 꾸고 비전을 수립하고
담대하게 도전하는 용기만큼이나
꿈에서 깨어나 있는 그대로의 현실을
온전히 수용하고, 걸림돌을 직시하며
모순과 양가감정에 머무는 것이 중요하다는 것을
행복을 추구하는 것도 아름답지만
가장 행복하지 못한 순간을
어찌 대하는가가 중요한 것임을

6.

ㄴㅏ는 배웠다
남들과 다르게 생각하고
남들과 다른 선택을 하는 것이
ㄴㅏ다움을 만들어가기도 하지만
ㄴㅏ와 다른 이들의 견해를 경청하고
ㄴㅏ와 다른 방식으로 일하는 이들과도
기꺼이 협력할 수 있을 때
다름이 도움이 되는 ㄴㅏ-너-우리다움의
새로운 국면을 맞이하게 된다는 것을

7.

ㄴㅏ는 배웠다

남의 글을 읽는 것이든, 남의 수업을 듣는 것이든

남들의 작품을 감상하고 음미하는 즐거움과

자신의 글을 쓰고, 자신의 작품을 만들어가는

과정에서 경험하는 고통이 이어져 있음을

ㄴㅏ의 기쁨과 편안함이

누군가의 고뇌와 노고의 산물임을

ㄴㅏ와 연결된 누군가의 기쁨이

ㄴㅏ의 고통을 견딜만하게 만들어주는

소중한 자양분임을

8.

ㄴㅏ는 배웠다

미숙하더라도 시작해보고

미완이라도 마무리하고

다시 쳐다보기 싫어도 또 해보고

실수하고 고치고, 다시 또 고쳐가며

조금씩 나아져 갈 수 있음을

그러니 처음 시작하는 이들과

미숙해보이는 모든 것들을 비웃는 것이

얼마나 교만한 일인가를

ㄴㅏ는 배웠고 또 배우는 중이다

9.

ㄴㅏ는 배웠다

다른 사람들의 배움을 촉진하는 것과

가까운 가족의 배움을 촉진하는 것은

너무도 다르다는 것을

일상 속에서 끈끈하게 엮여 있는 관계 속에서

배움을 적용하는 것이 훨씬 어렵다는 것을

두 딸의 아빠가 되고

한 여인의 남편으로 살아가면서

ㄴㅏ의 오만을 다시 바라볼 수 있게 되었고

ㄴㅐ 부모님의 훌륭함을 비로소 알게 되었다

10.

ㄴㅏ는 배웠다

반짝 반짝 빛나는 스승의 가르침에 귀 기울이고

그의 삶에 더 가까이 다가선다고

ㄴㅐ가 빛나는 존재가 되는 것이 아님을

오히려 부족한 나를 필요로하는 이들 속에서

작은 나눔을 실천하면서
ㄴㅏ의 작은 빛이 더 밝아지고
온기를 품게 된다는 것을
어쩌면 참된 스승은 뛰어난 그 누군가가 아니라
ㄴㅐ게 빛남을 허락해준
가난한 영혼의 우리 이웃임을

11.

ㄴㅏ는 배웠다
변화를 만들어가는 길을 걸을 때
올바른 방향을 찾는 것도
혁신적인 방법을 발견하는 것도
가장 중요한 것이 아님을
중요한 변화는 절대 혼자 시작하지 않고
함께 할 벗들을 만나서
좋은 팀을 만들어가기 전까지
단 한 걸음도 나아가기 힘들다는 것을

12.

ㄴㅏ는 배웠다
크고 거창하고 완벽함을 추구하는 것보다

작더라도 일단 시작해보고

소소하더라도 꾸준하게 지속하고

미흡하고 부족하더라도 일단 세상에 내놓고

조금씩 개선해나가는 것이

포기하지 않고 지속해 나갈 힘을 선물한다는 것을

미숙한 나와 세상을 껴안으며

조금씩 한 걸음씩 내딛으며 사는 것이

온전한 인간의 길임을….

13.

ㄴㅏ는 배웠다

그리고 여전히 배우고 있는 중이다

생생한 삶의 경험들 속에서 무엇을 배우고 있는가?

#62

35세 이후

서른 다섯살 이후로　ㄴㅏ는
'죽는 법'을　배우며 살았다

월급쟁이로 살고자 하는　ㄴㅏ를 죽이자
반백수로 사는　ㄴㅐ가 놀더라

장서가로서 살고자 하는　ㄴㅏ를 죽이니
작가로서 글을 쓰며 사는　ㄴㅐ가 크더라

전문가로서 살고자 하는　ㄴㅏ를 죽이자
친구로 사는　ㄴㅐ가 웃더라

머리로 살려고 하는　ㄴㅏ를 죽이니
시인으로 사는　ㄴㅐ가 좋더라

마흔살 이후로도　ㄴㅏ는 여전히
'죽는 법'을　발견하는 중이다

날
생

죽음을 물어야 할 때는 언제인가?

#63

11월 마지막 날, 나의 장례식

11월이 되면 ㄴㅏ는 죽어간다네
오직 1년의 삶만이 허락된 나는
겨울이 다가오는 11월 마지막 날
죽음을 맞이할 운명이라네

새로운 한 해를 살아갈
또 다른 ㄴㅏ에게
새로운 삶을 선물하고
떠나가 주어야 한다네

ㄴㅐ 초라한 장례식장에 찾아와
그동안 고마웠다고 인사하는 벗도 있고
미안하다고 사과하는 벗도 있으나
뒤돌아보지 않고 새롭게 태어나는
그를 맞이하기 위해 달려가는 벗도 있다네

ㄴㅏ의 죽음을 귀하게 여기는
벗들 모두를 축복한다네

ㄴㅐ 죽음이 그의 자양분이 되도록
모든 것을 내어주고
ㄴㅏ의 지난 어리석음과 잘못된 선택이
그의 발목을 잡지 못하도록
정리하고 떠나간다네

급하게 달려간 벗에겐
아직 사슬이 매달려 있으나
그것도 모르고 정신없이 달려간다네

이렇게 ㄴㅏ는 죽음을 맞이하고
벗들과 작별하며 떠나간다네

삶이 1년만 허락된다면, 어떻게 살아야할까?

#64

그리하여 신은 인간에게 물었다

태초에 디자인이 있었다

그러나 어리석은 인간들은
신이 주신 선물을 낭비하며
고마움을 망각하곤 하더라

그리하여 매년 고마움을
기억하라며 성찰의 시간을
또 다시 선물해 주셨다

그러나 게으른 인간들은
반성과 결심만 되풀이해
신의 근심은 늘어만 갔다

그리하여 신은 다시 물었다

이번주에 네가 답할 질문은 무엇인가?
지난 한주간 네가 행한 것은 무엇인가?

누구와 만나　따뜻한 온기를 나누었는가?

질문하는　신을 실천하며 따르는 인간들은
비로소　창조하고 나누는 즐거움을 함께
배워가며　뿌듯함을 누리기 시작했다

신이 당신의 삶에 묻고 있는 것은 무엇인가?

#65

간절히 원하면 우주가 들어준다고?

시시껄렁한 시크릿 류의 이야기는
고마 좀 하소

자기 소원을 자기 자신도 제대로 못 들으면서
남이나 세상이 들어달라 고마하소

욕망 가득한 소아병적인 소리만 골라듣지 말고
온전한 자신의 모든 목소리와
세상의 울음소리에도 귀를 기울여보는건 어떠하오?

자기 목소리 잘 들었으면
제대로 자기 삶에 반영해 살아가소
아마 우주도 당신을 위한다면 그리 바랄 것이오

왜 대답 안하오?
우주가 그대에게 묻지 않소?

그대 소원에 걸맞는 삶을

충실히 살아가고 있느냐고
그대가 보살필 사람들을
충실히 사랑하며 살고 있느냐고

오늘 하루 당신은 최선을 다했는가?

#66

12월

새해가 한 달 앞으로 성큼성큼 다가오면
문득 멈추어 지난 한 해를 돌아본다
뿌듯한 일도 잊어버리고
고마운 벗들도 까먹고
무엇에 홀려서 그리도 바쁘게 살았는지

예상과 다르게 진행된 일도 있고
기대 이상의 소중한 경험도 있으나
아직은 떠나 보내기 아쉽다
어떻게 마무리해야 할지 걱정이다

12월엔 바쁨을 허락지 말자
다가올 한 해를 맞이하기 전
떠나갈 한 해를 돌아보고
잠시 멈춰 호흡을 가다듬기에
12월은 너무도 좋은 시간이다

가르칠 훈

지난 한 해의 삶이 당신에게 가르쳐 준 것은 무엇인가?

#67

조난 신호

ㄴㅐ가 지치고 힘들 땐
너에게 관심을 기울이고
질문하고 들어줄 공간이 없어
혼자서만 주저리 주저리 떠들고
제멋대로 해석하고 왜곡해서
쓸모없는 말들만 늘어놓네

비난하고 자랑질하고 교만하며
타인에게 상처주는 영혼들은 사실
지치고 힘든 가련한 영혼이라네

불쌍한 영혼들의 비명이
빈 공간을 가득 채우고 세상에
아프다 아프다고 너무 아프다고
조난 신호를 보내고 있다네

難

어려울 난

침묵이 필요한 순간은 언제인가?

#68

오늘 하루

오늘 하루는 누군가에겐
그저 살아남기 위해 애쓰기도 벅찬 날
이 악물고 버티고 버텨야 하는 힘든 날
왜 해야 하는지 물어볼 시간도 없이 바쁜 날

오늘 하루, 또 다른 누군가에겐
그저 홀로 남아 외로움을 견뎌내야 하는 날
권태롭고 지루하고 참을 수 없이 재미없는 날
과거에 대한 후회와 미래에 대한 불안 사이의 날

오늘 하루의 삶의 무게를
섣부른 조언이나 인생에 대한 찬가로 치장하기엔
ㄴㅐ가 누리고 있는 것들이 너무도 많아
부끄러움을 마주하는 날

오늘이 가기 전에 답해야 할 질문은 무엇인가?

#69

걸어온 길, 걸어갈 길

ㄴㅐ가 걸어온 길을 돌아보니
잘 닦이고 포장된 도로는 아니었다
크고 반듯한 길을 놔두고 돌고 돌아 왔다
많은 사람들이 걷는 길은 아니지만
ㄴㅐ 흔적이 스며있는 길이며
ㄴㅐ 기억이 담겨있는 길이다

ㄴㅐ가 걸어갈 길을 보려하나
자욱한 안개속에 보이는 게 없구나
어둠속에서 괴물이 튀어나올듯 하고
힘겹게 다다른 곳에 낭떠러지나
절벽이 자리하고 있을까
걱정해도 소용없다

보이지 않는 그 길로 별 하나 벗삼아
풀벌레들의 노래를 들으며
ㄴㅐ 속도로 걸어갈 뿐이네

길
로

어디에서 왔고, 어디로 가고자하는가?

#70

뒤돌아보지 말고 가시오

To. 새로운 도전에 임하는 벗에게

세상이 그려놓은 길을
당신은 벗어나기로 하였소
겉으로는 축하해주는 이들도 있겠지만
함께 길을 떠나주지 않는 것은
길이 막혀있다 믿기 때문이라오

지금은 두렵더라도 무엇이든
할 수 있겠단 용기로 버티겠지
조만간 헤매고 막히면
예전 길로 돌아가고 싶을테지

그러나 배는 이미 떠났고
돌아갈 길 따윈 지워진지 오래요
길은 당신이 가는 방향으로
사람들이 뒤 따를 때만
다시 이어질 것이오

그러니 가던 길 마저 가시오
뒤돌아보지 말고 가시오
가다보면 따라오는 이들도 생길테고
새로운 길동무도 생길 것이오

가다 가다 힘들 때
뒤돌아보지 말고
잠시 주저앉아
길가의 꽃 한송이에
말이나 걸어보소

익숙한 것과 결별하고, 새롭게 도전할 것은 무엇인가?

#71

마흔, 시를 쓰기 좋은 나이다

질문이 필요한 순간, 마흔
어른됨을 다시 묻다

빛을 추구하다 잠시 멈춰
그림자를 마주한다

탁월함을 추구하다 다시 멈춰
부족함에 머무른다

완벽함의 함정에서 빠져나와
온전함을 일깨운다

흔들리는 벗들에게 손 내밀고
질문을 걸어오는 시 선물하니
이것으로 충분하다

마흔,
시를 쓰기 좋은 나이다

때
시

새로운 일에 도전하기 좋은 나이는 언제인가?

#72

나쁜 시

어쩌다 써내려간 ㄴㅐ 시시한 시들
소리내어 읽어보다 부끄러워 덮어둔다

좋은 시라고 친구들이 보여주는
대가들의 시를 읽다 울쩍함이 몰려든다
좋긴 좋은데 ㄴㅐ가 쓴 시가 아니다

위대한 시인들의 시는 ㄴㅐ가 끄적인
볼품없는 시들을 시시한 쓰레기로 만드는
나쁜 시다

좋은 시를 쓰고 싶다는 욕망을 불러일으키곤
차마 펜을 들지 못하게 한다
아주 고약하게 나쁜 시다

ㄴㅐ게 버려진 시들
감춰져 시들어가는 시들이
심통을 부리며 따진다

'그럼 우린 쓰레기 같은 나쁜 시인가요?
세상에 내놓기 부끄러운 시라면
왜 그렇게 정성스럽게 끄적이며
왜 그렇게 몰입해서 끄적였나요?
왜 우릴 낳았냐구요!'

아니란다
너희가 부끄러운게 아니라
ㄴㅐ가 부끄러워 그런거다
ㄴㅐ 부끄러움을 드러내지 못하는
ㄴㅐ가 나쁜 시인이다

좋은 것과 나쁜 것을 분별하는 기준은 무엇인가?

#73

좋은 시를 쓰는 방법?

시를 쓴다
다시 쓴다
또 쓴다
고쳐 쓴다

마음에
안든 시를
버린다
또 버린다
마음에
들 때까지
다시 한다
계속 한다

시시한가
일단 쓰라
생각보다
손 끝으로

비로소 시

어디서부터 시작할 수 있을까?

#74

나는 몰랐다

밤이다
까만 밤이다
시를 읽기 좋은 밤이다

눈으로도 읽어보고
소리내어 읽어봐도
시인의 마음을 모르겠어
손으로 끄적이며 읽어본다

한 글자
한 단어
한 문장

옮겨 적으니 부끄럽다
글씨 나빠서가 아니라
ㄴ ㅐ 손에 부끄럽고 미안하더라

그동안 알고 있다
착각했던 오만함은
손으로 써보지 않아서다
손은 알고도 침묵했다
ㄴㅏ의 교만과 무지를

손으로 써보지 않아서다
ㄴㅏ는 몰랐다
ㄴㅐ가 시인이 아닌 것은

시인의 마음은 어떻게 배울 수 있는가?

#75

시를 읽는 세 가지 다른 방법

눈으로 읽는 자는
그 뜻을 헤아리나

소리내어 읽은 자
그 마음 느껴지며

손으로 읽을 자는
그 의지 담아가네

시인처럼, 시를 읽는 방법은 무엇일까?

#76

시와 질문

바다 건너 테드에서 만난 친구는
'ㄴㅏ는 왜 이 일을 하는가'를 묻고 답하라 권하지만
시인이 되고 싶은 질문술사는
'왜 시를 쓰는가'라는 질문보다
'시인을 시인답게 하는 질문은 무엇일까'를 묻고
침묵에 빠져든다

'어떻게 시를 써야 하냐'는
벗들의 질문을 마주한 시인 박씨는
부끄러움 감춘 가면을 쓰고
그저 쓰고 또 쓰는 것 외에
더는 아는 것이 없다 답한다

시를 끄적이는 철없는 아빠 옆에서
'시란 무엇일까' 진지하게 묻는
시인의 재능 충만한 딸에게
감히 답하지 못하고
'네가 생각하는 시는 무엇이냐'고
비겁하게 질문을 되돌려 준다

'네가 끄적이는　모든 글들이
아빠에겐　시란다'라고 말하지 못하고
질문에 빠져든　딸의 찡그린 얼굴에서
철학하는　시인의 고뇌를 엿본다

답을 찾지 못한　모든 질문을 사랑하라던
옛 시인의　조언도 있지만
시인처럼　질문하는 법을 묻고 있는
질문을 탐하는　연구자의 자아도
ㄴㅐ 안에서　살아 숨 쉬고 있다

시시한 시를　끄적이는
ㄴㅐ 안의　시인 아해에게 묻길 멈추고
진짜 시인을　만나면 물어봐야겠다
'시인으로 살며　품고 있는 질문이 무엇이냐'고
'시를 쓰면서도　답하지 못하고 있는 질문이 무엇이냐'고
'시를　잉태하게 만드는 시인의 질문이 무엇이냐'고

시인 박씨는 문득문득 멈춰서서
답하지 못하는 모든 질문을 마주할 때마다
펜을 들고 붓을 들어 시시한 시를 끄적이고 있는
작고 초라하고 아직도 어린
시인 아해를 만난다

문(問)으로 문(門)을 열어 두고서
어린 시인이 찾아오길
기다리고 기다린다

시인다운 시는 언제나 쓸 수 있을까?

#77

재능이 없다는 평을 듣더라도

1.

빨간펜을 든 평론가가
시인됨의 자질을 평하더라

그는 너무 밝기만 하여
시를 쓸 수 없다하네
시는 그림자에서 태어나니

그는 너무 바른 사람이라
시를 쓸 수 없다하네
시는 모순에서 자라나니

그는 너무 아름다워
시를 쓸 수 없다하네
시를 쓰는 삶은 비루함과 함께이니

밝고 바르고 아름다운 그에겐
시인의 재능이 없다고 평하더라

2.

듣고 있던 질문술사
다행이라 생각한다

그의 삶은 빛을 추구하나 어둡고
선하고 싶어하나 한 가득 모순이며
풍요와 아름다움을 좋아하나 비루하니
시인으로 피어날 재능있다 좋아한다

시인이 되기위해 필요한 재능은 무엇인가?

#78

글쓰기의 어려움

하얀 종이 위에 검정 글씨를 채우는 일이
왜 이렇게 힘들게 느껴지는지
끙끙거리며 앉아 있어도
글 한 줄 써지지 않는다

좋은 글을 쓰고 싶은 마음
글을 읽는 분들의 마음에
울림을 주고 싶다는 욕심이
쉬이 펜을 들지 못하게 하는 것인지

아니면 너무도 바쁜 일상 속에서
하루 하루를 부대끼며 살아가기도 벅차다는
핑계를 대고 숨고 싶어서인지
ㄴㅏ는 알지 못한다

부족한 ㄴㅐ 자신을 표현하고 싶어서
ㄴㅐ가 느낀 바를 솔직하게 기록해두고 싶어서
외로움 벗삼아 끄적이며 놀다보니

이미 글을 쓰고 있는 ㄴㅏ를
다시 만나고 있다

그래!
잘 쓰고 싶어 펜을 든 것이 아니었다
펜을 놓을 수 없어서 글을 쓰는 것이
방법 아닌 방법이었다

오늘도 한 장
나무가 선물해준
귀하디 귀한 종이 위에
펜과 함께 끄적이며 놀아보자

당신에게 어려운 것은 무엇인가?

#79

겨울맞이 비

이 비가 그치고 나면
더 추워지겠네
눈이 내릴 고요한 밤
깊고 깊은 성찰의 시간 다가오니
한 해 동안 함께 공부한 벗들을 불러모아
지난 사계절 돌아보는 날을 준비한다네

이 비가 그치고 나면
더 추워지겠네
어둠을 밝힐 촛불 하나 켜두고
뿌듯했던 지난 추억도
새로운 마음으로 도전 할
신년 목표도 끄적거리며

한 해 동안 고마움 느끼게 해준 벗들 위해
새해 뜻한 바 이루시라
기도할 날이 다가온다네

願

원할 원

이 비가 그치고 나면, 무엇을 하고 싶은가?

#80

오늘은 그냥 좋은 날

오늘은 그냥 좋은 날
우연처럼 다가온 선물같은 날
만날 때마다 주고 받는 선물 없어도
선물 같은 만남으로 그냥 마냥 좋은 날

내일은 선물처럼 설렘으로 오는 날
필연처럼 우연처럼 다가올 만남
설레는 마음으로 두근두근 좋은 날
오늘도 내일도 만남으로 좋은 날

더할 나위 없이 좋은 하루는 어떤 날인가?

#+1

마흔 하나, 첫 날

스무살의 ㄴㅏ는
불합리한 세상을
구습에 젖어있는 시스템을
바꿔야 한다고
생각했다

스물 일곱살의 ㄴㅏ는
탁월하지 못한 일처리 방식을
효과적이지 못한 일을
의미없는 일을 못견디며
행동이 바뀌어야 한다고
말했다

서른 네 살의 ㄴㅏ는
빛을 추구한다 말하나
그림자를 외면하고 있음을 돌아보고
ㄴㅏ 자신부터 변화시키려
애썼다

마흔 한 살이　되어버린 ㄴㅏ는
ㄴㅏ라는　존재의 한계를 바라보고
너라는　존재의 배려에 의존해 왔음을
깨닫고　고마움을 느끼곤 한다

마흔 한 살을　살아가는 ㄴㅏ는
몸을　깨끗하고 소중하게 다루고
방을　청소하고 정리하며
하루를　돌아보고 기록하는 일상이
결코　쉽지 않지만
가치있는　것임을
깨달아　가고 있다

마흔 한 살이　된 ㄴㅏ는
부족하고　모순된 ㄴㅏ를 온전히 대하고
가장 가까운　가족과 친구들에게 따뜻한 마음으로
다가서서　함께 머물러 주는 사람으로
살아가고　싶다는 뜻을 품곤 하나

여전히 어렵고　아직도 부족하다
자책하곤 한다

오늘의 나는 무엇을 바꾸고 싶어하는가?

추 천 사
모 음 집

'다시, 묻다'는 어떤 책인가?

Why Not?

왜 저자가 자기책 추천사를 쓰면 안될까?
왜 유명한 사람이 쓴 추천사만 받아야 할까?

강정욱 Buzzvil HR Manager, 질문디자인연구소 이사

나이를 먹는다는 게 그리 쉬운 일은 아니다. 하물며 어른다운 어른이 된다는 건 오죽할까? 그간 곁에서 봐온 박영준 코치님은 '어른다운 어른'이 되기 위해 노력하고 질문하는 몇 안되는 어른이다.

이번에 들고 온 선물은 (놀랍게도) 시집이다. 바쁜 일상 속 감수성이 메말라가던 중, 잠시나마 질문 속 공간에 머물 수 있었다. 잊어버리기 쉬운, 하지만 반드시 기억해야 할 삶의 가치들을 다시금 만나게 해준 고마운 책이다. 무엇보다 가족 이야기가 많아서 더욱 따뜻하고 반가웠다. 어른다운 어른이 되고픈 모든 이들에게 추천한다.

고승재 넥스큐브코퍼레이션 대표이사

어느덧 그를 처음 만난 지 16년의 세월이 흘렀다. 20대 중반의 푸릇푸릇한 청년이었던 그가 불혹의 나이를 맞이하여 내놓은 시집 〈다시, 묻다〉. 언젠가는 시인이 되겠다던 그의 말이 현실이 되었다.

지금은 질문디자인연구소장, 질문술사로서 자유롭게 활동하고 있지만 여전히 나와 나의 동료들에게 끝없는 질문을 통하여 성장을 자극하고, 고여있던 생각을 뒤집어 주는 그의 마음 속을 들여다 볼 수 있는 좋은 기회다.

사람들은 그가 우리에게 던지는 질문들이, 그가 얼마나 오랫동안 많은 분야의 학문을 섭렵하며 그 자신에게 던진 수없이 많은

질문과 성찰의 과정에서 나온 결과물인지 잘 모른다. 그러나 나는 그를 옆에서 직접 지켜본 증인이다. 그는 나의 인생에 있어서도 많은 가르침과 깨우침을 주었다. 내가 어딘가에 머물러있거나 헤매이고 있을 때 환기를 시켜주었다.

그런 그의 정신 속을 들여다볼 수 있는 기회를 그가 열어주었다. 그 안을 한 번 탐험해보자.

김미란 배티연구소 연구원, 콘텐츠 생산자

어느 날, 내 자신에 대한 어떤 확신도 없는 날, 우연찮게 만난 친구에게 모든 걸 털어놓고 위로 받고 싶을 때가 있습니다. 〈다시, 묻다〉는 그런 책입니다.

흔들리는 나에게, 이것이라며 정답을 가르쳐 주려고 하지 않습니다. 충고나 조언을 하지도 않습니다. 그저, 그랬구나, 하고 위로를 합니다. 설명하기 어렵지만, 책을 읽으면 알 수 있습니다.

인생을 살면서 우리는 위로를 받아야 할 때가 꼭 있습니다. 그 때가 바로 이 책을 읽어야 할 때 입니다.

김민조 (주)RightPeople 대표

일이관지(一以貫之)

: 처음부터 끝까지 하나로써 꿰었다!

처음부터 끝까지 변함이 없다는 뜻이고, 질문술사는 '질문'을 하나로 꿰었다. 한가지 기술을 끝까지 파고들어 본 사람은 기술과 경영에 본질적으로 통해 있다고 느낀다.

늘 배우고 익히며 하나의 기술을 끝까지 추구하며 질문하는 사람! 선택에 있어서 자기검열이 많은 다시 질문하는 사람! 길들여지지 않고 자기방식으로 저항하며 다시 질문하는 사람! 상대방의 심정부터 이해하려고 다시 질문하는 사람!

질문술사(박영준 코치)는 다시 함축적인 언어로 질문을 한다. 그리고 그 질문은 나를 향해 있어서 좋다.

누구나 살아가면서 때때로 스스로에게 묻는다. 어디로 가야할지…. 삶은 우리에게 목적지를 알려주지 않는다. 반복되는 멈춤과 나아감 속에 우리의 운명을 결정짓는 건 우연이 아니라 선택이다. 그럴때마다 이 세상에 엉킨거 풀고 다시 시작할 수 있는 기회가 주어지고 다시 시작하면 되는 거라고 그는 질문을 던지는 것 같다. 그래서 시 한편 넘기기가 오래 걸린다.

김부길 이룸비전코칭연구소 소장, 글로벌액션러닝그룹 기업교육센터장

시집 〈다시, 묻다〉를 읽는 동안 스스로에게 질문을 던지고 잠시 머무르고 있는 나를 발견하게 되었다. 그리고 자연스럽게 '나는 누구인가? 어떻게 살 것인가? 그리고 어떻게 나의 죽음을 맞이할 것인가?'에 대한 질문을 던지고 생각을 정리하며 성찰하는 기회를 갖게 되었다. 시를 읽는 시간은 내가 자연스러웠고 행복할

수 있는 '나다움'을 찾아가는 여정이었다.

김영휴 SSecretWoman 대표, 〈여자를 위한 사장 수업〉저자.

내 삶의 화두는 20대 부터 잘 사는 것이란 무엇일까였다. 그 의문은 지금도 진행 중이다. 확실한 건 나답게 사는 것! 나다움이란 무엇일까? 답은 지금도 리스트화 중이다.

잘 산다는 것이란, 나다움으로 쉼없는 호기심과 질문을 품은 채 열심히, 즐거히 사는 여정이라는 것 외 아직 아는 게 없다. 이렇듯 집요한 호기심쟁이인 내가 창업생태계에서 두려움을 떨치고 19년 째 즐겁게 걸을 수 있는 비법은 내게 질문지팡이가 있기 때문이다.

〈혁신가의 질문〉이어 〈다시, 묻다〉가 내게 질문합니다.

"너 자신을 알라."

박영준 사부님이 다시 묻네요.

김이준 희망가득진로상담센타 대표

박영준의 시는 순간을 포착하는 능력이 탁월하다

순간에 일어나는 현상을 다각도로 관찰하고

빠르게 해석해 내는 능력이 있다.

그러나

늘 빠른 것만은 아니다.

'그대의 시간은 어디에서 멈춰있는가?'와 같이
오래도록 품어왔던 질문을 슬쩍 꺼내놓는 듯한 글에서는
영원처럼 이어지는 시간 속에 순진한 소년의 숙고가 녹아있다.
매우 지적이지만 완급을 조절하니 규정되지 않는 글이다.

독자로
또 벗으로
먼저 읽는 기쁨을 누리게 되어 고마웠다.

눈이 쌓인 어느날, 문득
박영준 시인은 내 삶에 나타났다

손잡아 주어 고맙다.
문득
고맙다.

시인이 불러준 노래에
시인의 글로 답하고 싶다.

김지영 TLP 교육 디자인 연구소 대표, 질문디자인연구소 이사

"어느 날 나는 내 딸들에게 시인이었던 아빠로 기억되고 싶다."
〈다시, 묻다〉를 쓴 이유이자, 동기이자, 목적을 담고 있는 이 고백

에 가슴이 뭉클해진다. 그리고 부러워진다. 〈다시, 묻다〉에서 내가 발견한 박영준 코치의 매력적인 민낯은 '아빠'다. 시의 구석 구석에서 느껴지는 아빠로서 그리고 남편으로서 그의 고민과 사랑이 그가 만드는 질문들의 에너지가 되어줌을 느낀다.

질문술사로서 그는 질문으로 삶의 의미를 찾아가는 어른이지만 아빠로서 그는 아직도 수줍은 고백을 건네지 못한 소년 같다. 그가 얘기하듯 한 사람만을 위해 글을 쓸 수 있다면 그것으로 충분하다. 그의 딸들이 어른이 되어가며 진짜 어른다움을 고민할 때 아빠가 남겨준 이 시들에게서 진한 영감과 따뜻한 위로를 받으리라.

이성과 감성 사이를 자유롭게 넘나드는 박영준 코치의 '필살기'가 고스란히 담겨있는 〈다시, 묻다〉는 읽는 이들에게 의미 있는 질문을 던진다. 흔들리는 마흔에는 명확한 답이 필요한 게 아니라 제대로 흔들리게 할 질문이 필요하다. 그 질문들과 조우하는 행운을 〈다시, 묻다〉에서 만날 수 있으리라.

김태완 공군 정비팀장, Dream Flight Engineer

마흔이 되면 어른이 될줄 알았다. 시간이 지나면 어른이 될줄 알았다. 40대의 중반에 서서 나는 다시 묻는다. 누구와 벗삼아 살아가야하냐고 무엇이 의미있냐고?

박영준 질문술사와 벗이 되어 나는 어른이 되어간다. 인생 질문을 만들어 보고 답해 보고 그곳에 머물러 보기도 한다. 때론 그곳에서 어른이 되는 때를 기다린다.

이 가을에 마흔의 가슴을 울컥하게 만드는 시와 80개의 질문이 나의 머리에 내린 하얀 단풍처럼 삶에 스며든다.

남상은 Miracle Coach

〈혁신가의 질문〉에 적잖은 감동을 받은 내게 박영준 코치의 시집 소식은 그야말로 희소식이었다. 빠르게 읽고 얼른 소감을 전해주고 싶었다. 그러나 그럴 수 없었다. 한 글자, 한 글자… 한 문장, 한 문장… 한 편, 한 편을 자꾸 곱씹게 되었다. 한 술 대충 떠서 소화하고 싶지 않은 글이었다.

시인의 질문은 곧 내게 하는 질문이었고, 시인의 성찰은 곧 거울이 되어 나를 성찰하게 하였다. '질문은 내가 선택한 기도의 방식이다'라는 구절은 심장을 들뜨게 했다. 나 역시 그러한 까닭일게다.

시인의 글은 내가 마주했던 마흔 개의 해를 찬찬하게 다시 보게 했다.

완벽하려 했던, 그러나 완벽하지 않았던.
완전하려 했던, 그러나 완전하지 않았던.
달리려 했던, 그러나 자주 넘어지던.
그러나,
완벽하지 않았고, 자주 넘어졌던 모든 순간들은
이제 시인의 글을 통해 온전함으로 마주한다.

때로는 차갑게, 때로는 온화하게.

때로는 어른스럽게, 때로는 장난치듯 짓궂게.

때로는 아빠처럼, 때로는 연인처럼 말 걸어오는 시인의 소리에.

나다운 답을 썼다 지웠다 하며 채워본다.

노경희 하브루타 전문강사

역시… 질문술사의 시는 다릅디다…. 한 줄 한 줄 읽어 내려가면서 울컥해 눈물 짓다 던진 질문에 멍하니 멈춰서서 잠시 나를 바라보게 합니다. 그럼 나는? 나는? 나는? 그렇게 자꾸 내 발걸음을 잡아 머물게해 앞으로 나가기 더디지만… 어떤 철학책 보다도 더 깊이 생각하게 합니다. 천천히… 하나씩… 생각하고 그렇게 머물고 싶습니다.

박미경 제니시스기술 이사, IAF CPF, 질문디자인연구소 이사

저자와의 만남은 2007년 대학원 특강시간에 강사-대학원생으로 거슬러 올라간다. 특강시간에 뇌리에 꽂힌 'Coaching'이라는 말을 통해 코치-예비코치로, 코치-코치이로, 멘토코치-코치로, 질문디자인연구소장-연구원으로 만남이 이어지고 있다.

그동안 그가 진행한 워크숍, 페북에, 브런치에 올리는 생각의 조각들과 성찰에의 초대를 기꺼이 받아들이며 그의 첫 책 〈혁신가의 질문〉을 읽었다! 질문에 대한 '로고스' 그 자체였다. 두번째

책 〈다시, 묻다〉는 '파토스'가 진하게 느껴진다.

그는 글맛나게 쓰는 저자는 아니다. 그러나 자신이 답해보지 않은 '질문'을 하지는 않는다. 그의 글에는 로고스, 파토스도 있지만 '에토스'는 타의 추종을 불허한다! 그 이유만으로도 〈다시, 묻다〉를 읽어도 좋다. 이제 그의 세 번째 책이 기대된다.

박종금 마음울림연구소 소장

〈다시, 묻다〉 마흔, 질문이 필요한 순간

시집을 빙자한 자기고백서이자 철학입문서 같은 이 책은, '괜찮은 어른'이 되고자, 아니 '괜찮은 어른'으로 살아가고자 노력하는 마음에서 출발한, 스스로는 물론 우리 모두에게 묻는 질문들로 채워져 있다.

'조금은 덜 부끄러워지는 어른'이 되고 싶은 '공부하기를 좋아하는 동네 아저씨'는 시집의 문을 '친구의 손'으로 열었고, 그 다음은 '아내의 손이 묻고 있네'를 시작으로, 같이 살아가는 존재에 대한 관심과 애정을 드러내놓고 마음껏 풀어내면서, 자신의 빈틈도 슬쩍 보여주고는 그 빈틈으로 들어오라고 대놓고 유혹도 한다.

시인이 되고 싶다던 꿈을 이룬 불혹을 맞은 한 남자의 '삶'이 오롯이 담겨진 이 시집의 '질문'을 통해 '되고 싶은 사람'이 되는데 도움이 되는 자양분을 스스로 만들어내면 참 좋을 것 같다.

박진희 내 삶의 조각가

김춘수의 시 〈꽃〉에 비유해보면, 내가 질문이란걸 하기 전엔 나는 다만 하나의 삶의 몸짓만을 한 것이다. 지금의 난 시 속의 질문들과 마주하며 생각하며 뒤돌아보며 비로소 내가 되어가는거 같다고 말하고 싶다. 어린이 시인 유니(둘째의 애칭입니다)의 '겨울'이란 시 덕분에 겨울이 더 추워지는 이유를 알았고, 지금까지 삶의 몸부림이 나를 알아봐달라는 몸짓이었구나하는 깨달음까지 얻을 수 있었다. 잔잔하지만 깊이있는 질문들은 흔들리는 나의 삶이 괜찮다고 말해주고 있다.

박현대 코치, LG전자 책임연구원

영준 코치님의 질문을 걸어오는 시들은 단박에 읽어 내려가기엔 아까워, 애써 느긋하게 읽으며 질문을 품고 머물게 되었다. 나의 마흔은 이런 성찰의 시간이 많이 부족했음을 반성하며, 가족 구성원이 함께 하고 있는 시집은 개인을 넘어 가정으로 그리고 세상으로 연결되며 어른다운 어른으로 성장하고 계시는 모습이 느껴졌다. '나는 누구와 나의 온전함으로 가고 있는 모습을 진솔하게 나누고 있는가'라는 질문을 품게 되었다.

송지호 라이프스콜레 대표

박영준이 쓴 글은 정확하게 박영준이라는 사람을 가리킨다. 내가 박영준의 글을 추천하고 있다면, 나는 분명 박영준을 추천하고 있는 것이다. 내가 박영준을 전부 알지 못하고, 알 수도 없지만, 내가 아는 박영준은 온전한 '나'가 되고 싶어하는 사람들에게 '너'가 되어주는 사람이다. 빨리 읽어 내려 갈 수 없는 그의 글들을 마주하며, 박영준의 글이 아니라 쉽게 마주하지 못했던, 아니 마주하고 싶지 않았던 '나'와 마주 앉는다. 그렇게 박영준을 만났다.

서정현 공부하는 퍼실리테이터, 행복성장연구소

질문에 답하면서 고개를 끄덕이며 성찰하는 나를 본다면, 기분이 어떨까요?

삶을 돌아보는 시를 만나고 싶다면,
진짜 질문을 만나고 싶다면,
질문에 답하고 있는 나를 만나고 싶다면,
이 책을 가까이에 두고 자주 만나시라고 권하고 싶습니다.
지구 세상에 온지 40년 플러스,
완벽하지 않아도 온전할 수 있음을 생각하고 느낄 수 있는
감사한 책입니다.

심윤수 FocusArete Company 대표

무언가를 다시 시작하기 위해서 질문은 필수적이다. 이것을 시

작해도 되는가? 계속 달릴 수 있는 것인가? 이 시작의 끝에는 무엇이 있는가? 그 끝에 나는 무엇을 얻을 수 있을 것인가? 그들은 무엇을 얻을 것인가?

박영준 소장님은 40세 이후의 새로운 시작을 위한 질문을 스스로에게 던졌다. 그것도 詩 라는 형태로 말이다. 40세라는 나이는 어떤 이에게는 오고 어떤 이에게는 지나갔으며 어떤 이에게는 아직 먼 일이기도 하다. 그리고 간혹 어떤 이에게는 오지 않을 수도 있는 나이이다.

40이라는 나이를 중국의 유학자 공자는 不惑이라는 말로 표현하였다. 미혹함이 없음. 세상일의 여러 가지 것들에 흔들림 없이 판단할 수 있는 나이라는 의미다. 그렇게 중요한 나이인 40세를 나는 어떻게 맞이하였었나?

박영준 소장님의 〈다시, 묻다〉라는 질문시집의 초판을 받으며 이런 질문을 스스로에게 하였다. 가끔은 세월의 흐름이 빠름에 개탄하였고 의식하지 않으려고 외면하기도 하였으며, 어쩔 수 없이 느껴지는 신체의 늙어짐에 대해 탄식하기도 하였다. 대부분 후회의 연속이었다. 더 많은 것을 이루어 놓지 못함에 대해 생각하고 앞으로 더 많이 만들고자 하는 욕심을 채웠다. 아니, 어찌보면 충분히 40세를 맞이함에 대해 생각하지 못하였다는 것이 맞는 설명이다.

〈그림자가 묻다〉를 읽으며 머리가 멍해졌다.

그 그림자를 만든 것이
자신의 밝음이란 것을
언제쯤 알아차릴 것인가 빛은
그림자를 아직도 만나지 못하니

(중략)

그 그림자의 품에 숨어
잠시 쉬어가는 이도 있다는 걸
언제쯤 받아들일 수 있을까 빛은
쉼 없이 빠르기만 하구나

이 부분을 읽으며 나의 어두움을 늘 가리기 위해 급급했던 지난 날을 생각했다. 또 내 밝음이 지치고 있음을, 그로 인해 깊은 내면의 나는 간혹 그 어두움에 숨어 얕은 숨을 쉬며 휴식하여 왔음을 깨달았다. 삶이 가져다주는 일련의 고난 속에서 나는 누구와 함께하고 함께 해왔는가? 를 스스로에게 질문하였다. 이 책은 이런 책이다.

박영준 소장님은 스스로가 시에 대해 재능이 없음을 이야기한다. 하지만 누구보다 상대의 내면의 질문을 일깨우고 성장을 위한 성찰의 빛을 밝히는데 재능을 가지고 있다. 그 재능을 마음껏 뽐낸 것이 바로 이 시집이다.

〈알리바바와 40인의 도둑〉이라는 이야기를 모두 알 것이다. 도둑은 왜 40인 이었을까? 30인, 400인, 혹은 100명이었을 수도 있다. 이미 많은 사람들이 알고 있겠지만 40이라는 숫자는 이슬람

교의 창시자 마호메트가 오랜 수행을 끝내고 깨달음을 얻은 나이이다. 때문에 이슬람교를 믿는 사람들에게 40이라는 숫자는 매우 의미가 있다. 알리바바는 40인의 도둑들의 창고를 털며 지혜와 용기를 얻는다. 이제 왜 알리바바가 40인의 도둑을 맞닥뜨렸는지 알 것이다.

이제 나는 동양의 알리바바가 되어, 박영준 소장님의 시를 읽으며 이미 했어야 했지만 미처 하지 못한 성찰을 하며 앞으로 살아가기 위한 지혜와 용기를 얻는다. 그의 나이는 이제 고작 40세이지만 이미 훌륭한 스승이다. 누군가를 위해 끊임없이 질문하고 있지 않은가!

안상현 나다움인문학교장

〈다시, 묻다〉라는 제목이 가장 마음에 든다. 질문의 의미를 되새김해주기 때문이다. 그리고 '질문술사의 기도'라는 시에서 '침묵 속에서 고요히 머무릅니다'라는 구절이 가장 와 닿는다. 질문술사의 역할을 되새김 해주기 때문이다. 자신의 삶에, 어른다운 어른에 대해 그리고 질문의 의미에 대한 자기만의 답을 찾는 소중한 기회를 제공하는 책이다.

앨리카 다우기술 인사팀

불혹, 어릴 때는 그 나이쯤 되면 한치의 흔들림도 없을 줄 알았

건만 막상 나이를 먹고 나니 아직도 흔들리고, 아직도 어렵고, 아직도 불완전하다는 걸 자각한다. 이런 자각과 함께 느끼는 고통은, 벗과 나누는 공감의 시로 반감이 되고 생각해 볼 질문으로 성찰까지 덤으로 얻는다. 나만 그런 게 아니구나 하는 안도감, 함께 하는 즐거움, 시와 질문을 통한 깨달음. 가볍지만, 결코 가볍지 않은 시집이다.

유수연 샘표식품 인사팀, 퍼실리테이터

'질문'이라는 단어를 벗삼아 살고 있는 박영준 작가는 마흔이라는 단어에 짓눌려 있음을 아주 솔직담백하게 표현하며 나는 그것이 부끄럽지 않다고 시로 고백하고 있다. '시'라는 문학적 접근을 시도한 것은, 마음 속 깊은 곳에서 솟아나는 본능적 수줍음과 자기애(다른 말로 쪽팔림과 지자랑)를 동시에 표현하고 싶었던 것이 아닌가 예상된다. 모든 이의 삶이 그렇지 않겠냐며 공감을 얻고자 하는 것이다.

각오따위는 없다. 마흔 이후에도 계속 몸부림치고 흔들릴 불안한 존재이기에. 다만, 더 좋은 질문을 찾아 헤맬 것이고 더 가치 있는 관계를 맺을 것이다. 또 다른 40대들에게 같이 해 보지 않겠냐고 수줍게 묻고 있는, 프로포즈와 같은 그런 시집이다.

유준혁 금산간디학교 교사

내면 대화를 촉진하는 예술가.

박영준 코치님의 글은 늘 놀랍다. 내 안의 라이프 코치를 불러 일으켜 함께 성찰의 시간을 만들어 가게 한다. 진짜 나를 만나는 또다른 방법. 질문술사와 함께 읽고 사색하며 즐거운 내면의 여행을 떠나보자.

윤영돈 윤코치연구소 소장

질문이 사라진 시대에 이 시문집(詩問集)을 받는 순간, 중학교 때부터 시를 써온 필자는 단숨에 끝까지 읽어버렸다. 마흔이란 정말 '질문이 필요한 순간'이다. 서른은 **서**~럽게 어~**른**이 되지만, 마흔은 **마**~음이 **흔**~들리는 시기다. '질문을 품은 인간들'이 만나야 꽃으로 피어날 수 있음을 말한다. 불안한 정체성을 넘어 온전한 자신 앞으로 나아가게 하는 시집이다.

가장 좋은 점은 엉뚱한 질문술사와 내조하는 아내, 아이들의 시선이 해맑다. "시란 무엇일까? 마음 따라가는 대로 쓰는 것이지 생각나는 대로 쓰는 것이지" 아이가 시를 쓰고 아빠의 흐뭇해하는 미소가 보인다. '당신은 어떤 사람으로 기억되고 싶은가?'라는 질문에 "질문술사인 나는 온전함을 질문하는 사람이다. 질문책사인 나는 성찰을 디자인하는 사람이다. 질문밥사인 나는 나눔을 플레이하는 사람이다." 어떤 사람으로 기억되는지도 중요하겠지만, '누구에게' 기억되는지가 더욱 중요한 문제다. 행복이 가득한 질문술사 가족과의 만남은 질문을 품고 사는 일상의 순간을 만나게 해 줄 것이다.

이강휴 군산휴내과 원장

불혹, 40은 흔들리지 않는 시기가 아니다.

이제야 비로소 진짜 흔들리는 시기이다. 외부로 향해있던 흔들리는 시선을 내부(자신의 내면)로 향하게 하는 시기이다. 흔들리는 자신의 마음 중심을 잡기위해 스스로에게 질문하는 시기이다. 이것이 〈다시, 묻다〉를 통해 말하고자 하는 것이 아닐까?

이경희 생애설계코칭연구소 소장

질문술사와 가족들이 모두 시인으로 참여한 〈다시, 묻다〉를 읽는 동안 도토리가 툭툭 떨어지는 참나무 숲을 걷는 느낌이 듭니다.

시를 읽으며 질문에 답하고, 질문노트를 채워가는 동안 독자들도 어느새 씨앗시를 품은 질문술사로 그 숲에 당도하게 되리라 믿습니다.

이규황 AJ가족 인재경영원 인사기획팀장

질문의 힘은 강력합니다. 좋은 질문과 훌륭한 답변을 주고받는 대화는 사람을 변화시킬 수 있습니다. 소크라테스부터 지금까지 변함없는 진리입니다.

지금 시대를 살아가면서 직장인으로서 생존하기 위해 가장 필요한 역량은 '생각하는 힘'입니다. 요즘 스마트폰이라는 세상을 바꾼 기기가 사람을 사람답게 하는 유일한 힘, 생각하는 법을 잊게 합니다.

회사에서 좋은 사람과 함께 하기 위해서는 생각을 묻는 질문을 잘 디자인해야 합니다. 그러나 생각을 묻는 좋은 질문을 만드는 것은 참 어렵습니다. 누군가의 생각을 알기위한 질문을 하기 위해서는 내 생각이 먼저 정리되어야 합니다. 내 생각을 정리한다는 것은 좋은 질문을 스스로에게 묻고 대답하는 과정을 거쳐야 합니다.

이 책 〈질문을 걸어오는 시집 - 다시, 묻다〉를 읽으면서 좋은 질문을 따라가다가 보면 나도 생각하는 존재였다는 것을 깨닫게 합니다. 그리고 그 과정이 나를 사람답게 합니다. 빠르게 변화하는 세상에서 무엇인가 잃어버리고 있다는 생각이 드신다면 이 책을 읽으세요. 그럼 그동안 잊고 지낸 생각하는 본능과 마주한 자신을 볼 수 있습니다. 그럼 행복해지실 겁니다. 그리고 직장인으로서 살아남을 힘, 바로 생각하는 법을 얻게 됩니다.

이도현 영덕중학교 교사

'흔들리는 마흔에 다시 답해야 할 질문은 뭘까?'

찬바람이 나이의 앞자리 숫자가 곧 바뀐다는 것을 알려준다.

이제 마흔살 채비를 할 시기이다. 그래서인가 요즘 나는 '만들어져있는 기준'이나 '타인의 시선이나 생각이 무엇일까'보다 '그래서 내가 하고 싶은 것이 무엇인지', '내가 좋아하는 것이 무엇인지' 알고 싶다. 알기 위해서는 호기심을 가지고 탐구를 시작해야 할 것이고, 그 시작은 나에게 묻는 '질문'으로부터일 것이다. 저자의 '그래서 지금 나는 누구인가?' '나는 누구의 벗인가?' 같은 질문들, 그리고 시족(詩足)을 통한 성찰의 과정은 나에게 질문하며 '마흔 채비'에 벗이 되어 준다. 모든 마흔 준비생들, 마흔앓이 중인 사람들의 벗이 되어줄 책이라고 생각한다. '다시 묻다'를 통해 때로는 물어주고 때로는 묻어두면서, 한 걸음 한걸음 새로운 걸음마를 시작해보려고 한다.

이봉민 KYOCERA 기술센터장

어른이라 함은 자기 주변에 있는 누군가에게 (어린이/젊은이들) 세상을 좀 더 산 사람의 경험과 지혜를 공유하여 그들의 삶의 지표가 되는 그런 사람이어야 한다고 생각합니다. 그런 의미에서 주변의 누군가에게 어떤 질문을 던져서 그 사람의 인생에 대한 성찰과 도전에 대한 용기와 힘을 북돋아 줄 수 있는 그런 질문들을 할 수 있다면 아주 의미있는 일이라고 생각됩니다.

다른 싯귀들도 다 마음에 와 닿지만, 특히 사랑하는 두 딸에게 그들이 품고 살아갈 질문들에 더 깊은 관심을 보여주는 아빠가 되고 싶다는 바람이 깊이 마음에 와 닿는군요. 항상 질문이라는 화두를 통해 저 스스로를 돌아보게 하고 주변을 (사회/조직) 돌아볼 수 있는 기회를 마련해 주시어 감사합니다.

시에서도 언급된 존경하는 경영자 "살아있는 경영의 신, 이나모리가즈오" 회장님의 "왜 일하는가"와 아래 질문을 되새겨 보면서 가름하고자 합니다.

"당신에게 일을 한다는 것은 어떤 의미인가?

일생에 걸쳐 몰두할 수 있는 일을 당신은 가지고 있는가?"

이성재 세상을품은아이들 미래교육연구소 소장

질문은 '프락시스(Praxis)'를 품고 있다. 질문은 생각을 흔들고, 실천을 재촉한다. 질문술사 박영준은 감각과 생각과 감정과 사람에 대해 끊임없이 질문한다. 그리고 수많은 사람들과 만나면서 새로운 세계를 여는 '열쇠'가 질문임을 설파해 왔다. 질문하고 실천하는 것이 질문술사의 삶이다. 그런 그가 이번에는 질문을 포에지(poésie)에 담았다. 질문술사의 시집을 읽으면서, 젊은 시절 나를 가슴 뛰게 했던 실천적 학자의 글을 떠올렸다.

'프락시스와 포에지의 변증법적 앙상블'! 이성적 실천과 감수성의 조화는 자기 혁신과 세상을 바꾸는 힘이다. 불혹이 된 질문술사에게 강고한 자기 신념을 부드럽게 어루만지는 힘이 생긴 것일까? 불혹의 나이에 접어든 질문술사는 마흔에 다시 질문이 필요하다고 말한다. 나 역시 질문술사에게 묻는다. 질문술사는 어떻게 불혹에도 청년일 수 있는가? 나는 이 질문에 답을 찾기 위해, 그의 시집을 몇 번이고 곱씹어 볼 것이다. 불혹을 청년처럼 살고자 하는 이들이여, 이 시집을 통해 불혹의 청년을 만나보자.

이은상 그의 벗, 교사

박영준 소장과의 인연이 벌써 20년 되어 간다. 그는 나에게 가장 책을 많이 읽는 벗으로 기억되고 있다. 늘 깊이 생각하고 토론하고 행동했던 그가 이제는 가장 많이 묻는 벗으로 기억될 것 같다. 그와 함께 마흔을 맞이하며, 그를 통해 '다시 묻다'. 물음과 다시 물음. 20살 시절에는 의미를 잘 몰랐던 '물음'들이 지금의 '다시 물음'에서는 온 몸과 마음에 와 닿는다. 그가 곳곳에 던져 놓은 유쾌함까지 말이다. 박영준 소장의 '다시 묻다'. 물음 못지않게 중요한 다시 물음을 오래 전 벗들과 유쾌하게 나누고 싶게 한다.

정구진 GoodInfluence 대표

알면 알수록, 관심을 가지면 그때부터 어려운 게 질문이다. 그래서 스티브 잡스(Steve Jobs)가 만나고 싶다던 소크라테스(Socrates)를 나도 만나고 싶었다. 그러던 어느날 소크라테스 보다 더 많은 질문의 넓이와 깊이를 가진듯한 박영준 코치를 〈혁신가의 질문〉을 통해 알게 되었다. 평상시 그의 SNS를 보면 질문을 참 쉽게 하는구나 싶다.

이번에 질문으로 된 성찰의 시집이 나온다. 그러나 〈다시, 묻다〉를 한 장 한 장 넘기다보면 쉽게 나오는 질문이 아니구나 깨닫는다. 딸과 마주하는 삶 등 마흔이 마주하는 다양한 상황에서 순간 순간 얻으려고 했던 질문들, 고민했던 질문들. 그 질문의 성찰 모음집이다.

정순여 제주대학교 교수

〈다시, 묻다〉는 질문술사가 불혹의 나이에 흔들리지 않으려 노력하기보다는 '흔들림을 벗삼아 노는 법은 이런거다'를 질문으로 보여주는 시집이다. 시 하나하나, 질문 하나하나에도 질문술사의 고민의 흔적, 자유로운 영혼의 흔들림을 보여주고 있다.

하지만, 스스로 자기가 미혹되어 있음을 깨닫는 자는 크게 미혹되어 있는 것이 아니다라는 원효의 말처럼, '흔들림 없는 불혹은 개뿔'임을 깨달은 질문술사는 흔들림 없이 살아갈 것이다. 그는 흔들릴 때마다 요청(ask)할 것이고, 그에겐 그의 손을 잡아 줄 벗들이 있으니…. 나이를 불문하고, '불혹은 개뿔'이라는 얘기에 동의하고, 여전히 흔들리는 삶에 대한 답을 찾고 싶은 사람이라면, 〈다시, 묻다〉를 읽으며 질문을 곱씹다보면 자연스레 해답을 찾게 될 것이다.

정영희 인터엑트컨설팅 대표

어디로 가는지도 모르면서 바쁘게 걷던 걸음을 멈출 수 있는 용기와, 질문을 지팡이 삼고 일어나 다시 삶의 여정을 계속 할 수 있는 힘을 얻었습니다. 그리고 있는 그대로 온전하다는 깨달음과 삶에 대한 따뜻한 시선을 선물로 받았습니다.

정유진 신성중학교 교사, 질문디자인연구소 이사

마흔개의 질문을 통해 세상에 대한 끊임없는 호기심과 기대를 솔직하게 털어놓는 그를 보면 不惑(불혹)은 개뿔, 가끔은 知天命(지천명)으로 보이다가, 나이를 넘나들며 공감대 형성이 잘 되는 걸 보면 耳順(이순)인가 하고 고개를 갸우뚱하다가도, 삶에 대한 솔직하고 유연한 통찰을 마주하면 마음먹은 대로 하여도 세상의 이치에 어긋남이 없다는 從心(종심)도 엿보인다.

그와 동행하면서 어떻게 하면 어른다운 어른으로 모범을 보일 수 있을까 고민해야 한다는 것 만으로도 참 행복하다.

정희원 현대모비스 교육담당자

내가 아는 사람 중 한결같이 질문을 탐색하고 나눔을 실천하는 삶을 통해 자신의 존재를 증명하는 사람이다. 아낌없이 주는 나무같은 존재, 박영준 질문술사!

마흔이 되어 다시 묻는 질문술사의 시와 질문은 많은 이들의 삶에 온전함을 선물해 줄 (온기를 품은) 씨앗시가 될 것이다.

조용호 비전아레나 대표

마흔을 지난지 꽤 된 것 같다. 지나고보니 마흔이라는 나이가 나에게도 여러면에서 전환점이 되었던 시간들을 선사했다. 사춘기와 청년기를 지나면 끝나있을 것 같던 인생의 성장통이 반평생을 넘은 시점에 다시 온다는 것은 당시에는 더없이 불편하지만 더 성숙하고 나은 인생을 살아보라는 격려의 박수일지도 모르겠다.

박영준 소장님의 새로운 책이 시집이라는 것을 듣고 놀라지는 않았다. 5년전에 처음 만났을 때에도 하늘 사진을 주로 찍어 페북에 올리고 시인의 눈빛과 어투를 하고 있었기 때문이다.

이 책에는 열심히 돕고 배우고 가르치고 성장시키며 나누며 배려하는 저자의 일상이 고스란히 솔직하며 발랄하면서도 동시에 묵직하게 다가온다. 과감히 솔직하고 충분히 따스한 손으로 이끌며 내내 생각과 영혼을 일깨우는 다양한 질문으로 가득찬 이 책은 가족, 벗, 스승 등의 관계 속에서 매일같이 탁월한 모색을 꿈꾸는 이들 모두에게 필요한 책이 될 것이다.

조은영 생각을 디자인하는 씽킹 디자이너

서른아홉보다 마흔의 내가 좋았다.
마흔보다 마흔 하나의 내가 더 좋았다.

나는 더 나은 나를 만나기 위해 빠르게 달렸다.

쉼표를 만나도 느낌표를 만나도

아첼레란토처럼 점점 빠르게 점점 빠르게…

하지만 '다시 묻다'라는 그의 시를 만나고

자꾸만 나는 쉼표 위에 머문다.

그리고 나를 들여다본다.

'나에게 지금 무슨 일이 일어나고 있는 거지?'

리타르단토처럼 점점 느리게 점점 느리게

나를 만난다.

'나는 어디를 향해 바쁘게 가고 있는 걸까?'

멈춰 서서 가야할 방향을 잡고

'나를 살아 움직이게 하는 힘은 어디에서 오는 걸까?'

소중한 사람들을 만나고 그 순간들을 기록한다.

'무엇부터 시작할 수 있을까?'

일상의 소소한 변화를 만들며 소확행을 꿈꾼다.

그의 시를 읽으며

마흔 여섯의 나에게 다시 묻는다.

그리고 그의 질문에 답하며

쉼표 위에 머문다.

느리게 점점 느리게…

나를 만난다.

최대헌 심리극장청자다방 대표

언제부터 질문이 사라졌다. 다르게 보면 질문이 사라졌다기 보다는 질문이 필요치 않거나 원치 않는 사회가 되었다. 영향력 있는 누군가의 답이 모두의 답이 되는 시대가 되었다. 그 답을 해야만 착한 자녀, 좋은 성적, 좋은 대학, 좋은 직장, 사회성이 높은 사람으로 인정 받는 사회가 되었다.

그럼에도 '인간은 무엇인가?'라는 근본적인 질문에 대답한다면 '질문하는 인간'이다. 즉 자신을 규정하고 삶의 방향을 결정하고 책임을 지는 것은 자신이기 때문이다.

〈다시, 묻다〉는 우리 시대와 우리에게 질문을 던진다. 인간이라면 질문을 해야 된다는 당위성을 예술적 감각으로 풀어간다. 품위 있는 인간이 되고자 하는 독자들에게는 비타민 같은 질문서다.

최송일 와우디랩 대표, 에르디아 대표, 질문디자인연구소 이사

저자와 오랜 벗으로 대화하면서 자연스럽게 '질문'을 배우고 익히게 되었습니다. 덕분에 더 잘 듣게되고 더 잘 알아차리게 되었습니다. 저자로부터 질문이라는 큰 선물을 삶으로 받고나서 이 책을 보니 그동안 저자가 살아오면서 담고자 했던 그의 철학과 가치가 고스란이 깃들여 있는 것을 보았습니다. 마치 10년의 대화를 한편의 시로 다 담아낸 것 같은 느낌이였습니다.

시를 읽는 순간에도 제게 질문으로 다가오고 있습니다. 참 신기한 경험입니다. 마치 옆에서 제게 계속 질문을 하고 있는 묘한

마력이 있는 시집입니다. 저자와 친구처럼 지내고 싶은 분은 이 시집을 옆에 두고 영감이 필요할 때 꺼내어 읽어보면 좋을 것 같습니다. 분명 멋진 질문 친구가 될 것입니다.

최정상 보건복지부 국민연금재정과 행정사무관

질문에 대한 질문으로 엮은 책이다. 그래서 이 책은 "메타 퀘스천 (Meta Question)"이라고 부르고 싶다. 질문은 상대방의 취약함을 드러내기도, 환대를 불러일으키기도 한다. 취약해지는 상태에서 발휘되는 치유의 힘(the power of vulnerability), 따뜻함, 창발의 가능성을 이 책을 통해서 찾았다. 모든 행복은 질문으로부터 시작한다. 저자가 풍성한 질문으로 누리는 행복함을 이 책을 통해 경험하길 바란다.

한상욱 행복한 성공을 요리하는 강점 코치

시간을 내 시를 읽어 보았습니다. 전 왠지 처절함과 긴장감이 정말 많이 느껴졌습니다. 매우 신선한 접근 방식으로 질문술사만의 고유함이 그대로 묻어나는 시집이었습니다.

시를 읽는 동안 '어떤 상황이든 깊이 깊이 사유하며 근원적 삶의 질문들을 찾아내려는 질문술사와 그렇게 호락호락하게 질문들을 내 줄 수 없다는 강력한 질문'이 이긴 자 만이 살아 남는 목숨을 건 결투를 보는 듯한 긴장감과 처절함을 느꼈습니다. 그리고 그 결투를 우연히 지켜보는 '세상 사는 거 생각없이, 편히 살면 안돼?'하는 구경꾼들과 질문술사의 눈이 잠깐 마주친 순간, 구경꾼들의 마음 한구석에 에밀레의 묵직한 종소리가 긴 여운을 남기며 아직도 울리는 것 같습니다.

허광영 안산시 글로벌청소년센터 '꿈빛학교' 교사

이 책은 나와 너, 그리고 우리, 과거와 현재, 그리고 미래, 집과 가족, 일, 이 외에 내가 존재하는 그 모든 곳들 사이에서 무엇을 해야 하는지, 어떻게 해 왔는지, 왜 할 것인지 묻고 있다. 그리하여 이 책은 새로운 변화와 기존의 성취, 지나온 삶의 반성과 다가올 성장의 기회, 삶의 추수와 가꾸기 중 무엇에 집중할 것인지 묻고 있다.

마흔이라는 나이에 지나간 40을 후회와 추억으로 두지말고 남은 40을 위한 새로운 출발의 기회로 삼고자 하는 이들에게 추천하고자 한다.

홍현호 올림수학학원 부원장

'어두움을 탓하기 보다 한 자루의 촛불을 켜라.'

하나의 질문을 잘 던져주면 세상이 초 하나를 켠 것 같은 밝기만큼 밝아지지 않을까? 질문술사는 우리 삶에 이 책을 통해 80개의 촛불을 밝혀주고 있다. 하나의 촛불은 입김으로 불면 쉽게

꺼질 수 있지만 80개의 촛불을 입으로 불어 끌 수는 없다.

세상의 유혹에 이리저리 흔들리는 우리들에게 작은 촛불의 힘을 느끼게 해주는 질문술사의 글이 반갑다. 촛불의 중심에는 심지가 있다. 질문술사의 80가지 질문 중에서 우리 삶의 심지가 될 수 있는 질문을 가질 수 있다면 이 또한 기쁨이 아닌가?

모두 같이 인생의 심지를 만들기 위해 그리고 어두운 세상에 한 자루의 촛불을 켜기위해 이 책을 권한다.

황규태 타피루즈그룹 대표

질문의 위력은 대단하다. 조사 하나, 단어 하나, 문장 하나에 따라서 엄청난 위력을 발휘한다. 그런데 이번에 박영준 소장은 또 다른 위력 하나를 들고나왔다.

시(詩)

압축의 묘미, 서사의 묘미 그리고 애절함의 묘미등이 80편의 시에 담겨져 있다. 80편의 시는 불혹이라는 나이의 저자와 불혹을 건너온 사람들 그리고 앞으로 불혹을 거칠 사람들에게 모두에게 이야기를 건네고 있다. 한 편 한 편의 시가 모두 박영준 소장의 경험담과 성찰이 담겨져 있고 또한 애환도 담겨져 있다.

오래간만에 시를 읽게 되었고 또한 시에 감흥도 있었던 시간이었다. 다시 불혹으로 돌아간다면 묻고 싶은 질문들이 많이 담겨져 있었다.

닫는 詩

벗이여, 이것은 책이 아니다

1.

벗이여!

이 책은 답이 아니다

이 책을 펼쳐든 사람은

질문에 머물러 살아가는

이상한 인간을 만나게 되리라

벗이여!

이 책은 시집이 아니다

시인이 되다만 이웃집 아저씨가

불혹에 접어들고도 여전히 흔들리는

부끄러운 자기고백의 짧은 기록일 뿐이다

벗이여!

이것은 책도 아니다

이 책을 펼쳐든 사람에게

잃어버리거나 잊어버린 자신의 삶과

다시 만나고 싶게 만드는 희망찬 슬픔의 노래다

벗이여!
이것은 질문도 아니다

텅빈 공간에 당신의 손으로
당신의 이야기와 사유를 끄적여야 온전해지는

미완성의 빈칸 노트다

2.
답도 없고
시집도 아닌
책 같지도 않은
이상한 책이지만
벗이여!

만남을 선물하는
책이 되길 바라며
당신의 손길을
기다리고 있겠다
벗이여!

어떤 인간을 담을지는
부족한 작가의 몫이겠지만

이 책을 통해
어떤 인간을 만날지는
독자 그대의 몫이다
벗이여!

다시 만나야 할 그 사람은 누구인가?

詩足

제가 끄적인 이 책은
'혼자 읽고 쓴' 책이 아닙니다.

이 책을 한 문장으로 요약하자면

'한 인간과 만나고 있냐'는 성찰적 물음입니다.

질문을 품고 살아가는 작가인 저를 만나도 좋고,

독자 자신을 만나도 좋고, 자신에게 소중한 사람을

만나도 좋습니다. 벗들이 먼저 읽고 보내온

정성스런 추천사들을 첨부했습니다.

저는 이 책에 소중한 벗들의 목소리도 담고 싶었습니다.

어떤 인간을 담을지는 작가의 몫이였고,

어떤 인간을 만날지는 독자인 당신의 몫입니다.

이 책을 통해 '소중한 인간'과

다시 만날 수 있기를 기원합니다.

2019. 수락산 자락에서 마흔 하나가 된 질문술사가
스스로에게 묻고, 벗들과 함께 추천사를 쓰다.

부록

Question

여는 질문. 흔들리는 마흔에 다시 답해야 할 질문은 무엇일까?

1부. 나를 더 나은 사람이 되게 하는 너는 누구인가?

01. 진정 부끄러워해야 할 것은 무엇인가?

02. 어떻게 진짜 어른이 되는가?

03. 제대로 해야 하나, 제멋대로 해야 하나?

04. 당신의 역할은 무엇인가?

05. 당신을 매혹시키는 것은 무엇인가?

06. 슬퍼하는 이웃은 누구인가?

07. 어찌하여 당신은 어른이 되려 하는가?

08. 누구를 위한 배움이고, 누구를 위한 가르침인가?

09. 누구에게 배워야 할까?

10. 당신의 질문에 관심을 보여주는 이는 누구인가?

11. 넘어서야 할 것은 무엇인가?

12. 당신이 꿈꾸고 있는 삶은 무엇인가?

13. 누구의 손을 붙잡을 것인가?

14. 당신은 왜 이 사랑을 하는가?

15. 이것이 정말 원하던 삶인가?

16. 당신을 기다려주는 이는 누구인가?

17. 사랑은 어디에 있는가?

18. 더 늦기전에 누구에게 용서를 구해야할까?

19. 그대의 시간을 누구에게 선물해 주고 있나?

20. 당신은 어디를 향해 바쁘게 걸음을 옮기던 중인가?

21. 당신의 벗은 어디에 있는가?

22. 당신을 온전하게 하는 그 사람은 누구인가?

23. 얼어붙은 당신의 맘을 따뜻하게 녹여주는 것은 무엇인가?

24. 사랑하는 아이들에게 부모로서 선물해 주고 싶은 것은 무엇인가?

25. 어른됨이란 무엇인가?

26. 시인의 삶을 살고 있는 이는 누구인가?

27. 흔들리고 미끄러져도 넘어질 수 없는 이유는 무엇인가?

28. 그대가 용서하지 못하고 있는 것은 무엇인가?

29. 당신은 어떤 사람으로 기억되고 싶은가?

30. 실패한 이에게 무엇을 물어야 할까?

2부. 삶에서 마주친 소중한 질문들, 삶을 재창조하는 힘은 어디에서 오는가?

31. 당신 삶에 더 좋은 질문이 필요한 순간은 언제인가?

32. 질문은 어디에 숨어있는가?

33. 당신을 위해 질문해주고 있는 사람은 누구인가?

34. 당신은 누구를 위해 묻고 있는가?

35. 답하지 않아도 되는 질문은 무엇인가?

36. 오늘 만남이 남긴 질문은 무엇인가?

37. 스스로를 초라하게 느끼는 순간은 언제인가?

38. 답할 수 없을 때는 어찌해야 하는가?

39. 당신이 하는 일의 본질은 무엇인가?

40. 당신은 왜 이 일을 하는가?

41. 당신이 외면하고 있는 일은 무엇인가?

42. 당신의 삶은 어떤 향기를 뿜어내고 있는가?

43. 왜 부족함을 받아들이지 못하는가?

44. 멈추고 싶지 않은 것은 무엇인가?

45. 당신의 아름다움은 무엇인가?

46. 무엇이 삶을 아름답게 만드는가?

47. 당신은 무엇을 할 때 가장 빛나는 존재인가?

48. 당신이 멈출 수 없는 이유는 무엇인가?

49. 나와 너 사이엔 무엇이 있는가?

50. 자신과 우리의 삶을 위해 당신은 어떤 씨앗을 심고 있는가?

51. 자기다움을 지키기 위해 버려야 할 것은 무엇인가?

52. 당신을 슬프게 하는 것은 무엇인가?

53. 당신이 왜 사는지, 당신의 삶의 의미가 무엇인지,
당신의 어떤 행동을 통해 알 수 있을까?

54. 스스로 외면하고 있는 당신의 그림자는 무엇인가?

55. 당신 자신과 만나려면 언제, 어디로 가야하는가?

56. 당신 삶에 무슨 일이 일어나고 있는가?

57. 온전한 나를 찾아가는 여행은 언제 시작할 것인가?

58. 멈추고, 그만두고, 버려야 할 것은 무엇인가?

59. 고통과 함께 살아가는 방법은 무엇인가?

60. 오늘 당신의 하루가 비루하고 보잘 것 없이 느껴질 때,
어떻게 다독여야 하는가?

3부. 삶으로 꽃 피워낼 한 단어는 무엇일까?

61. 생생한 삶의 경험들 속에서 무엇을 배우고 있는가?

62. 죽음을 물어야 할 때는 언제인가?

63. 삶이 1년만 허락된다면, 어떻게 살아야할까?

64. 신이 당신의 삶에 묻고 있는 것은 무엇인가?

65. 오늘 하루 당신은 최선을 다했는가?

66. 지난 한 해의 삶이 당신에게 가르쳐 준 것은 무엇인가?

67. 침묵이 필요한 순간은 언제인가?

68. 오늘이 가기전에 답해야 할 질문은 무엇인가?

69. 어디에서 왔고, 어디로 가고자하는가?

70. 익숙한 것과 결별하고, 새롭게 도전할 것은 무엇인가?

71. 새로운 일에 도전하기 좋은 나이는 언제인가?

72. 좋은 것과 나쁜 것을 분별하는 기준은 무엇인가?

73. 어디서부터 시작할 수 있을까?

74. 시인의 마음은 어떻게 배울 수 있는가?

75. 시인처럼, 시를 읽는 방법은 무엇일까?

76. 시인다운 시는 언제나 쓸 수 있을까?

77. 시인이 되기위해 필요한 재능은 무엇인가?

78. 당신에게 어려운 것은 무엇인가?

79. 이 비가 그치고 나면, 무엇을 하고 싶은가?

80. 더할 나위 없이 좋은 하루는 어떤 날인가?

+1. 오늘의 나는 무엇을 바꾸고 싶어하는가?

닫는 질문. 다시 만나야 할 그 사람은 누구인가?